Das Leben des Doktor Hubert Wambach, Obervertrauensarzt im Ruhestand, zieht friedlich dahin: meteorologische Messungen, Hobbymalerei und der Spaziergang zum Grab seiner vielgeliebten Frau – bis er eines Tages auf der Straße die heulende Ise trifft. Ise ist fünf und beklagt den Verlust ihrer Puppe Rapunzel. Wambach versucht, das Kind zu trösten, und träumt sich dabei immer mehr hinein in ihre Welt – und in die der vermeintlich nach Paris ausgebüxten Puppe Rapunzel. Zugleich erlebt er noch einmal im Erinnern die sehnsuchtsvoll verwandelte Geschichte seiner eigenen Liebe und vollbringt seine letzte, schönste und vielleicht gelebteste Erdentat.

Die sieben Briefe des Doktor Wambach

Geschrieben, herausgegeben und
zur abendlichen Lektüre empfohlen
von Klaus Nonnenmann

Unionsverlag

Die Erstausgabe erschien 1959
im Walter Verlag, Olten/Freiburg.
Die vorliegende Fassung beruht auf
der korrigierten Ausgabe, erschienen 2007
im Klöpfer & Meyer Verlag, Tübingen.

Das Motiv dieses Kurzromans geht auf eine
Anekdote zurück, die Dora Dymont, Lebensgefährtin
Franz Kafkas, gestorben 1952, unter Hinweis auf ein
persönliches Erlebnis Kafkas einer Bekannten erzählt hat.
Vergleiche hierzu die Kulturzeitschrift *Merkur* Nr. 67/1953.

Im Internet
Aktuelle Informationen,
Dokumente, Materialien
www.unionsverlag.com

Mit freundlicher Genehmigung
des Klöpfer & Meyer Verlags, Tübingen

Rieterstrasse 18, CH-8027 Zürich
Telefon 0041-44-283 20 00, Fax 0041-44-283 20 01
mail@unionsverlag.ch

Umschlaggestaltung: Martina Heuer, Zürich
Umschlagbild: Manuel Gutjahr
Druck und Bindung: CPI – Clausen & Bosse, Leck
ISBN 978-3-293-00450-4

Inhalt

Vorwort des Herausgebers

Man möge uns zubilligen, dass wir dem Verfasser der sieben Briefe, Herrn Obervertrauensarzt Doktor Wambach, ausdrücklich unsere Sympathie bekunden.

Wir hoffen, mit dieser vorgreifenden Würdigung des Helden die Straße philologischer Rechtschaffenheit verlassen zu können, ohne uns deshalb im Grünen zu verlieren.

Er war ein Dichter, den die Götter liebten – aber spät zu sich riefen. Par bonheur! Vorher wäre es zu früh gewesen.

Der Leser täte gut daran, sich den Gewohnheiten des Poeten anzupassen und jeden Abend nur einen seiner Brieftage zu überblättern. So gewänne er eine dem Toten gebührende Seelenkonsonanz. Auch wäre ihm selbst über eine Lebenswoche hinweggeholfen, die er ohnedies hinter sich bringen muss.

Denn allerorts ist man sich einig in der Erkenntnis, dass keinerlei Aussicht besteht, sterben zu dürfen, bevor man nicht gelebt hat.

Montag

Der letzte Montag des Doktor Wambach

Er lag wie jeden Morgen noch eine kleine Stunde im Ehebett und dachte.

Er hielt die wässrigen blauen Augen zur Decke gerichtet. Dort gab es rosa Lilien aus bemaltem Gips, auch eine Studie, sehr späte Klassik, schreitende Muse mit Füllhorn.

Herr Doktor Wambach dachte an seine Frau. Er hatte sie vor Jahrzehnten, in einem begreiflichen Anflug frivoler Verliebtheit, Odette getauft, obwohl ihr Trauschein sie ausdrücklich: Amalie Wambach, geborene Bonnet nannte. Und das in frommer Pfarrschrift, unter Hinweis auf die Offenbarung des Johannes: Sei getreu bis in den Tod.

Odette, die Krone seines Lebens.

Wambach hatte ihr, während einer Rheinfahrt der Verlobten, im illegalen Hotelzimmer zu Aßmannshausen den französischen Kosenamen ins Ohr geflüstert. Er schien ihm angemessen.

Langsam ließ der Doktor das leichte Plumeau auf den Boden gleiten. Das tat er oft, um sich durch Kälte zum Aufstehen zu zwingen.

Erst noch ein bisschen denken!

Die Ehe der Wambachs war ebenso glücklich wie kinderlos gewesen – ein nur scheinbarer Widerspruch, dem lediglich der Neid der Kinderreichen zum völkischen Gemeinplatz verhalf.

Zwei Jahre waren sie solche Kinder geblieben, dass sie vergaßen, Kinder zu bestellen. Später erkrankte Frau Wambach geborene Bonnet an einer leichten Lungentuberkulose, die nicht zuletzt durch Herrn Doktors Verzicht auf Nachkommenschaft einen kultiviert-humanen Verlauf nahm. Wären nicht die Hungerjahre der Nachkriegszeit gewesen, das zweite Bett bliebe noch lebendig und ohne Schonbezug.

Daran dachte der Alte jeden Morgen, und es geschah nicht selten, dass ihm die Augen trübe wurden, zumal er sich nicht von dem Vorwurf befreien konnte, in jenen Jahren versagt zu haben. Ein einziges Mal war er, immerhin ein fünfundsiebzigjähriger Mann, mit Kollegen Bader übers Land gewandert, um Kartoffeln zu hamstern und eine Jahresuhr mit Bronzelöwen gegen Schmalz zu setzen. Doch als er am Abend seine lächerliche Beute auf den Küchentisch geschüttet hatte, brachte er kein Wort über die Lippen, so tief war er durch die Demütigungen des Tages verwundet.

Auch Bratkartoffeln hätten es nicht mehr geschafft, was weinst du? Nie wurde eine Sterbende liebevoller von ungeschickten Händen gepflegt. Ihre letzten Tage waren eine selige Lebenserhöhung für sie gewesen, nicht zuletzt durch schmerzlindernde, berauschende Drogen, die Herr Doktor Wambach zum ersten und einzigen Mal über Normalrezeptierung verschrieben hatte.

Es war sieben Uhr. Wambach erhob sich, fischte den linken Pantoffel mit der großen Zehe und schlurfte ins Badezimmer. Er pflegte den Wecker ab fünfzehnten März auf halb sieben zu stellen, ab dreißigsten September auf halb acht. Immer blieb er noch ein bisschen liegen, nannte seine Faulheit: Karenz im warmen Bett, ärgerte sich über die langen, silbrigen Strähnen, da sie ihn kitzelten, und dachte dies, zuweilen das.

Er rasierte sich umständlich, er wusch sich genau. Als Arzt war er empfindlich geworden gegen Schmutz und hatte ein Leben lang seinen Kassenpatienten gepredigt: »Je älter die Haut, desto größer die Seife.«

Während er Schaum um die faltigen Wangen pinselte, überdachte er sein heutiges Programm. Da war zuerst das Frühstück zu machen, Kleinigkeit. Schwägerin Clara war für acht Tage ›Auf Inserat‹ gefahren – eine temperamentvolle Endvierzigerin, jüngste Halbschwester der Amalie Wambach selig. Sie versorgte den kleinen Haushalt mit Umsicht, leichten Liedchen auf den Lippen und hatte beim besten Willen oft nichts zu tun. Dann las sie Horoskope.

Dreimal im Jahr fuhr sie auf ein Heiratsinserat hin zur Brautschau, nicht zuletzt auf Drängen ihres Schwagers, der Arztkenntnis genug besaß, zu wissen, dass man mit achtundvierzig noch verreisen muss. Frau Clara Bonnet betrieb den prickelnden Sport der Annoncenabenteuer seit langer Zeit – in gesunden Originalpackungen, wie Schwager Wambach vor der Errötenden gerne scherzte. Sie musste sich in ihrer singenden Lebensfülle zuweilen bestätigen lassen. Gott bewahre, man weiß nichts Genaueres über die Sache! Sonderlich wohl war ihr selten dabei, auch wäre man, wie sie betonte, im Ernstfall nur mit einem Mann vor den Altar getreten, der ihren greisen Schwager mitgeheiratet hätte. So blieb sie ledig und verlernte nie das Singen.

Demnach lag eine Woche – die letzte, wie wir wissen – vor Doktor Wambach, in der er endlich sein Monumentalgemälde wagen konnte. Gemälde? Gewiss, Herr Obervertrauensarzt Doktor Wambach malte. Frau Gutöhrlein, die rundliche Putzfrau aus Pforzheim, hatte Verständnis für die künstlerische

Tätigkeit ihres Brotherrn. Mehr jedenfalls als Clara. Kein Wunder – sie war als Ersatzhaushilfe nur vier Stunden täglich in seiner Wohnung und konnte den Geruch von Terpentin und Firnis in den restlichen zwanzig ausdünsten.

Er war freudig erregt und schloss den weit gewordenen Hemdkragen über dem faltigen Hals. Dann wählte er eine Künstlerkrawatte mit Querstreifen und Sonnenblume. Aus der Pfanne schmatzte das Frühstück.

Es gab Spiegeleier mit Speck für Doktor Wambach, wie immer, wenn er nicht kontrolliert wurde. Zwar hatte er sich während seines Berufslebens über die Beziehung von Körpergewicht und Herzschwäche orientiert, doch gab es Spiegeleier mit Speck. Er fühlte sich wunderbar frei, ein Junge, der Kirschen stiehlt.

Dann stieg er, eine zernagte Shagpfeife paffend, die Holztreppe seines Häuschens hinauf, um die Luftfeuchtigkeit zu messen. Wir bitten den verehrten Leser ausdrücklich, sein voreiliges Lächeln zu überprüfen. Herr Obervertrauensarzt stieg schon seit siebzehn Jahren hinauf, und damals war es so: Frau Odette hustete besonders böse, exakt am ersten Tag nach Wambachs Pensionierung. Das brachte ihren klugen Mann auf den Gedanken, ein Barometer zu erwerben, um ihre Schmerzensgedanken auf eine ungünstige Wetterlage zu lenken. Schon als Student an naturwissenschaftlichen Dingen interessiert, hatte Herr Doktor Wambach während seiner Beamtenzeit davon geträumt, mit fünfundsechzig Jahren seine privaten Neigungen leben zu können und den Elementen näher zu kommen, mit denen er bis zum Physikum freundschaftlich zusammengehaust hatte. So unterwarf er sich der täglichen Pflicht, in die Mansarde zu klettern, um die Pflege der Frau nach Instrumentenstand variieren zu können.

Nicht eine Sekunde erwarten wir etwa wissenschaftliche Erkenntnisse! Frau Wambach hatte nur mit stillem Schmunzeln Anteil genommen am Spieltrieb ihres pensionierten Kindes. Doch erfühlten beide den Appell an eine Ordnung, die das gefährliche Leben im Ruhestand verlangt.

Zum Barometer waren allerlei Messinstrumente gekommen, ein kleiner Schalenkreuzwindmesser, dessen drehbare Achse nach dreimonatiger Bastlerarbeit und mithilfe eines Mechanikerpatienten in einer Skala sinnvoll gekrönt wurde. Ein Thermometer, eine Pitosche Stauröhre, die der Alte in störrischer Hoffnung auf eine richtige Windböe am Dach des Häuschens angebracht hatte, obwohl besagter Mechanikermeister mehr als einmal betonte: »Bevor die Stauröhre anspricht, Herr Doktor, liegt das ganze Dach im Hof.«

Die Windfahne, unwissenschaftlich durch einen Messinghahn bewacht, verstaubtes Material über Luftkreislauf, Isobaren und Elektrizität, dazu allerlei Buchgerümpel. Unter dem Tisch lag ein geplatzter Pilotballon für Höhenmessungen mittels Theodolith: die große, nach achtzehn Fehloperationen nur leicht vernarbte Wunde des Physikers Wambach. Gerätschaften also, die weit über den Pflegebedarf einer lungenkranken Frau hinausweisen.

Dort oben rauchte er seine Frühstückspfeife, erledigte die sinnlosen Messungen, trug sie in die Montagskladde und aß einen der letzten lederhäutigen Boskopäpfel, die Schwägerin Clara gegen seinen Widerstand in der geheiligten Messkammer lagerte. Während er kauend aus der Dachluke schaute, überdachte er die kommende Woche. Das große Gemälde! Drängender aber war ein Vortrag für Sonntag, zur Eröffnung des Kassenärztlichen Hauptkongresses, worin ihm, langjährigem Alters- und Ehrenpräsidenten, das Grundreferat zufiel. Sein Thema war ihm schon lange vertraut. Er dachte ein bisschen und fühlte sich belohnt: ›Die doppelte Verantwortung‹ – so sollte der Titel lauten! Doppelte eines Vertrauensarztes: den Patienten und der Kasse gegenüber.

Seine Augen schweiften über den Messinghahn der Wetterfahne ins Blaue. Er spuckte die Apfelkerne in die Dachrinne und freute sich trotz ungeheurer Arbeitsüberlastung auf den Sonntag, zumal ihm Kollege Bader ein Buch versprochen hatte: ›Über die vereinfachte Selbstanfertigung der Wildschen Windmesstafel‹ – eines meteorologischen Hilfsinstrumentes, dessen verblüffend primitive Wirkungsweise wir übergehen dürfen.

Mit einer bedächtigen Bewegung warf Herr Doktor Wambach den Apfelstrunk in den benachbarten Garten und lachte laut über das erschrockene Gegacker aus dem Hühnerhaus: er hatte die Parabel richtig geschätzt! Dann ging er behutsam die steile Treppe hinunter, nahm seinen Filzhut, den Mantel und die Handschuhe, sah nach der Post, warf das Ärztemuster in den Nachbarkasten, Lehrer Ziesels Kinder spielten so gerne damit! Er humpelte am Haselstock vergnügt zum Nordfriedhof, um Odette guten Tag zu sagen.

Frau Gutöhrlein, eben im Begriff, mithilfe eines Besens den Kokosläufer über die Teppichstange zu stupsen, erschrak so außerordentlich, dass ihr die schmutzige Rolle über den Nacken zurücklief, wodurch drei Minuten tarifgebundenen Verdienstes vergeudet waren. Sie starrte den Herrn Doktor an, der – jetzt schon, drei viertel elf – von seinem Spaziergang nach Hause kam, sichtlich erregt und aus dem

Abstellgeleise des Ruhestandes geworfen. Geradezu aufregend aber war seine Begleitung, die er in hilfloser Gebärde ihrer mütterlichen Regie übergab.

Als Putzfrau von Welt wusste sie gleich Bescheid: das da war Ise Kopperschmidt. Von der Schützenstraße nebenan, Ecke Alexanderplatz, direkt bei Käse-Seifert. Einziges Kind der Makler-Kopperschmidts, die, wie jedermann weiß, eben ihr Zweites erwarten. Mit einem präzisen Satz klärte die Gute alle personellen Belange, kroch unter der Teppichrolle hervor und gab der Kleinen ihr grauweißes Taschentuch.

Denn Ise Kopperschmidt weinte. Leise, im dritten Stadium, ein Weinen aus rhythmischen Herzstößen heraus, dem nur Barbaren widerstehen können. Ihr Gesichtchen war durch die Versuche, Salzwasser mit schmutzigen Händen aufzuhalten, völlig verschmiert, und es bedarf wohl keiner Erklärung, wenn wir die Handlung der nächsten Stunde in Stichworten vorantreiben. Sie ist logisch genug:

Badezimmer – Küche – Kakao mit Rosinenstollen – ein Apfel aus der Messkammer. Wohnzimmer!

Nicht im Schlaf wäre Herrn Obervertrauensarzt Doktor Wambach der Verdienstausfall seiner Arbeitnehmerin zum Bewusstsein gekommen, als Frau Gutöhrlein aus Pforzheim, Mutter mehrerer Kinder und mit einem Oberfahrleiter der Städtischen Elektrizitätsgesellschaft handfest glücklich verheiratet, in oben skizzierten Etappen das hartnäckige Weinen zum Versiegen brachte.

So sitzt sie nun da, die Ise, am äußersten Rand des großväterlichen Ohrensessels. Noch zeigt sich ihr Kummer im trockenen Schluckauf der arg verletzten Kinderseele. Herr Doktor Wambach geht im Hausrock, nachdenklich an der zernagten Pfeife kauend, vor seinem kleinen Gast auf und ab, um sich zum neunten Mal den Trauerfall anzuhören. Frau Gutöhrlein sitzt auf dem Klavierhocker, hinten in der Ecke. Sie stopft ein Überhandtuch und macht sich ihre Gedanken.

Wer könnte den Doktor nicht verstehen, und seine hungrigen Augen! Ein schmächtiges Ding von fünfeinhalb Jahren, die dürren Rattenschwänze hinter den Ohren, einen Riesenapfel vor der Lücke ihrer spitzen Milchzähnchen. Der magere Körper geschüttelt im trockenen Schluckauf eines unüberwindbaren Schocks. Wurde das rechte Knie aufgehauen? Verschwand der Tennisball in einer Dachrinne? Welcher Flegel streckte seine Zunge gegen wen?

Rapunzel ist weg! Einfach weg. Nicht mehr da. Rapunzel ist nicht mehr existent, fehlt einfach, das Stück.

Gestohlen? Verloren?

Verschlampt also. Sagen's ja! Nicht aufgepasst vermutlich, das teure Geld der guten Eltern –

Der Herausgeber beteuert an dieser Stelle, sehr wohl zu wissen, wo sie steckt, Rapunzel, auch weiß es längst der gütige Verleger, selbst sein Personal – und welch fürchterliches Schicksal ihrer harrt. Schon die morgige Lektüre wird ihr Befinden klären. Doch würde man, so finden wir, der augenblicklichen Konfliktstellung aller Beteiligten Unrecht tun, wollte man, im Besitz der Wahrheit, ihren derzeitigen Schmerz überspielen. Geschmacklos wäre das. Vor uns steht die kleine Kopperschmidt. Rapunzel ist innen aus Stroh, nur ihr Kopf ist halbwegs hohl. Eingeschränkt hohl insofern, als ein bewährter Zauber angewandter Mechanik zwei hellblaue Puppenaugen nach Wunsch schließen oder strahlen lässt. Nichts Neues gerade, aber Klein-Ise schwärmte davon, mit Seele und apfelkauender Umständlichkeit.

Rapunzel sei eben erst auf die Welt gekommen. Vom Christkind, aber persönlich, unter den Baum gelegt. »Und wenn Vati das weiß!«

Schon wieder war Frau Gutöhrlein gezwungen, die Flickwäsche beiseitezulegen, mit ihrem grauweißen Taschentuch Tränen abzuwischen und, durch muntere Kommandorufe, Ises Nase zu säubern. Doch fand die Wackere Gelegenheit, über die kindlichen Schultern hinweg dem Brotherrn das Wesentliche anzudeuten:

Makler Kopperschmidt sei soweit normal, nur

eben geizig. Glänzend stünde die Ehe auch nicht gerade. Gut, dass etwas Neues unterwegs sei. Dann, als Ise laut in das vorgehaltene Taschentuch schnäuzte, rief Frau Gutöhrlein: »Die Kopperschmidt ist eine geborene Schröter, von Gebrüder Schröter & Co.« Sie musste abbrechen, denn die Kleine schaute auf und war verlegen. Herr Obervertrauensarzt Doktor Wambach fingerte nervös an seiner Geldbörse in der hinteren Hosentasche. Er nahm die zernagte Pfeife aus dem Mund und ging betont lächelnd, aber etwas hilflos auf Ise zu.

Alles kam anders. Herr Doktor Wambach brachte unser Kind nach Hause, das heißt, bis kurz vor Käse-Seifert, und betonte beim Abschied mit scherzhaft übertriebenem Blinzeln: Lügen sei eigentlich verboten. Aber: Verschweigen, seine guten Eltern schonen, einfach so ein bisschen um die Sache herumleben, das dürfe man gelegentlich. Und: »Bis morgen also, um zehn!«

Dann ging Ise langsam durch das Hoftor.

Der Herr Obervertrauensarzt bummelte durch den Frühlingsnachmittag, wobei er die Spitzen seiner Schuhe betrachtete. Etwas Originelleres als Hoffnung hatte er nicht zu bieten, auch nicht mit dreiundachtzig Jahren. Er spielte den routinierten Arzt: ›Kommen Sie morgen wieder!‹

Erst jetzt fiel ihm ein, dass er weder sein großes Ölgemälde grundiert hatte noch – er blieb stehen vor Schreck – auf dem Nordfriedhof gewesen war, um Odette guten Tag zu sagen.

Gegessen hatten sie zu dritt, neue Kartoffeln mit Butter, Bohnensalat und ein Gläschen Topfinger Riesling; für Ise Apfelsaft, der, wie man ja deutlich sehen kann, eine viel schönere Farbe hat als der alberne Wein. Ise hatte mächtig geschwatzt und erklärt, ihre Rapunzel habe die längsten Haare der Welt und Rapunzel habe gelbe Schuhe, einer sei kaputt, aber nur ein bisschen, und Rapunzel habe ein blaues Schürzchen an im Augenblick. Und: Ihre Rapunzel!?!

Sie strafte den betroffenen Doktor mit einem strengen Blick: »Man kann sie nicht kaufen, einfach kaufen! Meine Rapunzel ist vom Christkind. Papi sagt, vom Christkind persönlich!«

Dann weinte sie wieder und nahm eine zweite Portion Schokoladenpudding.

So war das. Er ging langsam nach Hause.

Fundbüro, dachte er plötzlich, und war schon unterwegs. Dort kannte niemand Rapunzel.

Wo es denn passiert sei, fragte ein kleiner Bebrillter. »Am Sandplatz der Schilleranlage, so gegen elf«, sagte Herr Doktor Wambach und grüßte, als er hinausging. Vor der Barackentür prallte er gegen einen Jungen. »Donnerwetter«, dachte er laut und rieb sich die Schulter, »der sieht ja schon ziemlich erwachsen aus. Könnte Geschäftsmann sein, und was hat ein Lümmel zu lauschen im Fundbüro?«

Er sah ihm nach, der Junge verschwand um die Ecke. Wambach hatte ein Gefühl. Etwa: zweites Parkett, Kriminalfilm, aber wann ging er schon rein? Und er vergaß.

Ein Nachmittagsschläfchen war zeitlich nicht mehr zu schaffen. Er trank Kaffee, den Frau Gutöhrlein unter der Mütze warm gehalten hatte, und stopfte die Pfeife. Ise, dachte er. Eigentlich: Louise. Aber Ise ist besser, wegen der Zahnlücke.

Da geschah es:

Herr Obervertrauensarzt Doktor Wambach stellte an diesem Montag, dem Letzten, wie wir wissen, ungewollt und linkisch seinen Stuhl in die deutsche Literaturgeschichte:

Er stand auf, holte ein Lexikon, blätterte zum großen P, fand bald – er hatte Koffein im Leib – das kleine ä und gewann nach einer ausführlichen Lesestunde am Schreibtisch die Erkenntnis, dass: P-ä-dagogik letzten Endes Moral bedeute. Moral aber, so beteuerte der Enzyklopädist, sei nur möglich durch Selbstzündung [siehe: Mäeutik, siehe auch: Sokrates], kurzum, allein müsse einer draufkommen. Für Assistenten sei Güte immer gut.

Aha, dachte Herr Doktor Wambach und schloss

die Augen. Moral mit Zucker, dachte er und verlor manche Stunde mit der Überlegung, wie man das schaffen könne. Er saß im Dunkeln, sog an der zernagten Pfeife und summte vor sich hin.

Dann, gegen dreiundzwanzig Uhr, nahm er die geschrägte alte Feder. Er legte sie mit der Linken in die richtige Lage der Rechten, sein Gelenkrheuma war schon weit fortgeschritten, und schrieb den ersten Brief.

Er glaubte nicht mehr ans Fundbüro. Er glaubte an nichts. Er sah das Tränengesicht der kleinen Ise.

Er zögerte. Er nahm einen Werberezeptblock der Firma Knoerringen/Sohn und kritzelte mühselig:

Chère maman,
heute nur un petit billet vom Speisewagen Aßmannshausen–Paris/Est.
Gaston bringt eben den dritten Pernod, das Menu war angenehm. Stell dir vor! Man hat mir schon zwei Anträge gemacht. Aber schicke rasch, schicke sofort das Karierte und den Velour. Im oberen Fach!
Adresse: ›Hotel George V‹, avenue George V, man hat mir das Haus empfohlen.
Es war nicht ungefährlich, mich über eine [!] Stunde ohne Aufsicht am Bahndamm der Schilleranlage liegen zu lassen, doch sprechen wir nicht mehr davon.
Die Gegend ist niedlich, ich will ein wenig im Gang

promenieren. Französische Zigaretten sind mir zu herb, man bleibt wohl besser bei türkischen Tabaken? Tschüss bis gelegentlich. Ich weiß noch nicht, wie lange ich bleibe. Küsschen hinters Ohr. Grüße Doktor Wambach, ich lernte ihn bei der Abfahrt flüchtig kennen. Die Post will ich über seine Adresse leiten, sonst hast du Ärger mit meinen Großeltern. *Punzel*

P.S. *Gaston macht mir Augen. Ein hübscher Bengel, etwas zu glatt, aber hübsch, sans doute!*

Dienstag

Der letzte Dienstag des Doktor Wambach

Einigermaßen befremdet finden wir unseren Helden noch im Bett – und zwar schlafend! Versagte der Wecker, das blecherne Monstrum? Nicht doch, er hat keine gute Nacht hinter sich gebracht, der Doktor, wir haben ihn im Dunkel lange wach liegen hören, das Eichenbett seufzte schwer unter der Last des Poeten.

Kein Wunder, dass seiner entwöhnten Zunge der Anisgeschmack des dritten Pernod schlecht bekam, den Gaston in provozierender Eleganz vor eine hilflose Dame schiebt. Pernod! So etwas nach der Mahlzeit! Gegen Mitternacht hatte Doktor Wambach das Gefühl, mit Rapunzels Briefstil nicht den richtigen Ton für Fünfeinhalbjährige getroffen zu haben. Über dieser Einsicht öffnete er die Augen und wandte sie zur dunklen Decke.

Aßmannshausen lag vor ihm, das erste Frühstück auf der sonnigen Rheinterrasse, sein auffällig-saloppes: »Morgen, meine Liebe, gut geschlafen?« vor dem misstrauischen Oberkellner. Herr Doktor Wambach fühlte Rapunzel in seinem Leben. Paris war ihm Aßmannshausen. »Es ist deine Sache«, sagte die dunkle Decke. »Übersetze ihr die Briefe, mache sie kindlich schmackhaft – sie kann ja nicht lesen.« »Auf morgen also«, sagte die Decke, »gespannt, wie du dich anstellst.«

Dachten wir zu laut? Es täte uns leid: dort öffnen sich die Lider. Die Augen suchen das Zifferblatt und weiten sich eine Sekunde im ungläubigen Schreck – nur noch zwölf Minuten Karenz, wenn man das Sommerprogramm nicht verletzen wollte. Herr Doktor Wambach beschloss, heute schneller zu denken. Die Stilfrage der Briefe also, der Gedankenfaden zur Nacht. Er war über der Beruhigung eingeschlafen, Herrn Lehrer Ziesel zu fragen, dessen Hühnerhaus er mit den Apfelstrunken zu bombardieren pflegte. Ziesel war ihm gewogen, da Wambach schon immer vergessen hatte, Liquidationen zu schicken. Die kleinen Ziesels aber vergötterten den Onkel. Wegen der Ärztemuster. Die sind wunderbar bunt und riechen nach Doktor-Spielen.

Bei Tageslicht wurde Herrn Obervertrauensarzt die Sache peinlich. Er beschloss in vier Minuten,

Lehrer Ziesel nicht zu fragen. Das Risiko gab ihm Kraft. Er hatte das Gefühl, ein ganzer Kerl zu sein. Ein dreiundachtzigjähriger Kerl.

Noch acht Minuten.

Sie galten allerlei Spekulationen über das geplante Gemälde in Öl, der Leinwand vor allem, der Grundierungsfarbe und einem geeigneten Rahmen.

Plötzlich durchfuhr ihn eine Idee: Clara war verreist! In der Küche lockte schon lange ein Rheinischer Sinnspruch über dem Herd – nicht eben Weltliteratur, aber ein guter Rahmen für das Gemälde:

»Alte Weine, junge Weiber
Sind die besten Zeitvertreiber.«

Er murmelte die Worte vor sich hin und blinzelte hinauf zur rosa Klassik.

Die letzten vier Minuten waren: Ise Kopperschmidt, Odette, Aßmannshausen, Nordfriedhof, Referat über die doppelte Verantwortung, Ise Kopperschmidt und Ise.

Herr Doktor Wambach schaute nach dem Wecker, setzte sich auf den Bettrand, fischte mit der großen Zehe den linken Pantoffel und schlurfte ins Badezimmer.

Sein Frühstück, Spiegeleier mit Speck, nahm er im Stehen. Es drängte ihn zur Tat.

Oben in der heiligen Messkammer trug er die

Luftfeuchtigkeit exakt in die Dienstagkladde, vergaß aber, die Windrichtung aktenkundig zu machen. Erst beim privaten Morgenblick zur Wolkenuntergrenze erinnerte er sich des Versäumnisses und bückte sich noch einmal zum Regal. Schon lag, wie immer, der nächste Tag auf dem Tisch, er wurde unwillig beiseitegeschoben, wobei Herrn Doktor das Gefühl streifte, er müsse sich vor dem kursgängigen Dienstag entschuldigen.

Dann humpelte er die Holztreppe hinunter und ging in die Küche. Das Werk begann.

Er schleppte den Eichenhocker in die Ecke, bestieg ihn und konstatierte ärgerlich einen ungünstigen Hebelausgangswinkel Alpha Strich. Er schob den Hocker in die Mitte der Küche, trug den kleinen Tisch um ihn herum an die Wand, baute den Hocker auf seine Wachstuchplatte und unterlegte ihn mit einem Schnittlauchbrettchen. Nach zwei Steigversuchen fand er in der Kochkiste die geeignete Zwischenstufe für Dreiundachzigjährige und pfiff ein Liedchen während der schwierigen Bildabnahme. Ein Liedchen, nebenbei erwähnt, das Schwägerin Clara kurz vor ihren Inseratsreisen zu singen pflegte. Der Sinnspruch: Alte Weine, Junge Weiber, wirbelte ihm wattige Staubflocken auf die gelbe Künstlerkrawatte. Das machte ihn traurig, er hörte auf zu pfeifen. Man hatte sie für Ise gebunden, in einen weiten, verwegenen Schlips.

Unter kritischen Schwebesekunden schaffte er endlich das schmutzige Zierstück rheinischer Humanitas auf den Steinboden und nahm – wiederum, nur etwas falscher pfeifend – Frau Gutöhrleins Gläsertuch, um die hässlichen Randstellen der frei gewordenen Wand zu verreiben. Das Tuch litt erheblich. Es lag gekränkt im Spülstein, während Herr Doktor Wambach, die zernagte Pfeife qualmend, mit Hammer und Obstmesser den Rahmen löste.

Da lag sie endlich vor ihm, die Grundfläche für sein großes Gemälde in Öl, die Sehnsucht durchwachter Nächte.

Er trug sie ins Badezimmer und hinterließ auf dem Korridorläufer die Spuren ihrer staubigen Vergangenheit. Im Bad nahm er das weiße Spiegeltuch der Frau Gutöhrlein, stellte die Alten Weine Junge Weiber in die Wanne und erlebte, Physiker der er war, in echter Forscherfreude die farbliche Angleichung von Holzplatte und weißem Tuch.

Frau Gutöhrlein, das darf vorweggenommen werden, hat später geweint, richtig und laut geweint hat sie. Ihr Verstand konnte das Unrecht an einer gottgewollten Haushaltsordnung nicht verwinden. Gerne verweilen wir eine stille Sekunde bei ihr und allen Frauen der Erde.

Inzwischen trug der Alte die tropfende Holzplatte über das frisch gebohnerte Parkett ins Wohnzimmer, lehnte sie gegen einen hellgrauen Samtsessel und ließ sie in der Märzsonne trocknen.

Alles war zum Besten! Er schob die zernagte Pfeife in den rechten Mundwinkel und schaute aus dem Fenster.

Wie man erkennt, besitzt Herr Doktor Wambach noch lebende Zähne. Die Mehrzahl, begreiflicherweise, wurde vom Urzahn der Zeit mitgenommen, doch hielt sich eine wackere Zahl von Stützpunktträgern hinter den vollen Lippen des tapferen Mannes, verbunden und in ihrem Heldentum ermutigt durch silberne Klammern und ein kompliziertes Brückensystem. Neben dem Weisheitszahn befand sich ein vortrefflicher Platz für die zernagte Pfeife. Rechts, wie wir ausdrücklich betonen, da sich der Leser ohne Mühe aus dem jeweiligen Pfeifensitz die Stimmung seines Helden vergegenwärtigen kann: Ohne Pfeife oder auch pfeifenlos schläft Herr Doktor Wambach. Pfeifensitz links bedeutet: intensives Nagen und Saugen. Tabakzufuhr und Qualmkontrolle durch die Hornhautkuppe des rechten Daumens. Der Seelenbarometer zeigt: fröhliche Unrast – Anspannung – Depressionen.

Pfeifensitz rechts: Lotgerechte Geisteslage. Seelenglycerin. Nirwananähe.

Dann qualmt die Pfeife nicht, da sich ihr Brand erübrigt.

Qualmlos saß unser Freund am großväterlichen Schreibtisch und grübelte über die ›doppelte Verantwortung‹ des kommenden Sonntages, während in der Märzsonne die rheinisch-verwaschene Ölplatte trocknete, während die Zieselhühner gackerten und Odette, wollten sagen: Ise Kopperschmidt zu erwarten war. Mühelos kritzelte die gichtige Hand am Hauptreferat des Ehrenpräsidenten Wambach.

»Vertrauensarzt zu sein«, kritzelte sie, »war mir ein Leben lang die große, freudig getragene Berufslast. Ja, verehrte Kolleginnen und Kollegen, ich sage bewusst: eine Last. Denn ein Arzt auf Vertrauen zu sein, hieß mir in erster Linie die menschliche der rein fachlichen –«

Es läutete. Läutete unverschämt. Präsident Wambach sah sich gezwungen, die Feder abzusetzen und dem Instinkt seiner Pfeife zu folgen: sie wurde linksseitig heftig benagt. Ihre Qualmlosigkeit war befremdend. Herr Doktor Wambach humpelte durch den langen Korridor. Das Läuten entartete zum Schellen.

Wie kann Frau Gutöhrlein den Schlüssel vergessen, dachte er, wie kann sie auf so schamlose Art –

Dann verklärte sich sein Gesicht, während er Klein-Ise unter dem Türrahmen in übertriebener Strenge fragte, ob sie keine Uhr lesen könne?! Sei es zehn, wie ausgemacht, jetzt, da es eben neun geschlagen habe?

Ise zögerte erschrocken und wollte nicht über die Schwelle. Dann kam sie auf den guten Gedanken, ihr Köpfchen gegen den hünenhaften Doktor zu heben. Sie sah sein Gesicht und wusste Bescheid. Beide Kinder lachten laut. Sie standen voreinander, sie waren verlegen.

Das Schweigen dauerte: viermal langsames Nagen an der erkalteten Pfeife links. Das waren mehr als zehn Sekunden.

Wir bieten einen anregenden Kulissenwechsel:

Herr Doktor Wambach, dunkelgrauer Straßenanzug mit rotgetupfter Krawatte, ein Duft von Tabak und Lavendel, bittet eben einen melierten Oberkellner im ›Hotelcafé Rheinterrasse‹, den Kakao für die Kleine mit viel Sahne zu krönen.

»Die Sahne aber, Herr Hillenbrandt, die Sahne setzen wir erst in der allerletzten Sekunde auf das Getränk, wenn ich bitten darf! Dann sieht es so lustig aus.«

Herr Hillenbrandt verbeugt sich und versteht. Unterdessen schaut Klein-Ise mit Stolz, Neugier und Verlegenheit über die geblümten Smyrnabrücken, über unechte Empiresessel und Kristallservices auf die ebenerdige Hotelterrasse. Sie war durch eine Hortensienreihe duftig von der Friedrich-Ebert-Straße getrennt, ehemaligen Paul-von-Hindenburg-Allee.

Wie kam es zu einer so märchenhaften Vormittagskarriere, mit Sahnekakao und richtigen Hortensien? Oh, das ist rasch skizziert! Stichworte genügen:

Ises schüchterne Frage nach Rapunzel, der Puppe. Geheimnisvolle Andeutung des Doktors über ihren Aufenthalt [und damit retardierendes Moment]. Herzhafte Frage nach dem Zweck der abgeblassten Alten Weine Junge Weiber. Lehrhaft-ernstes Geständnis seitens Wambach, dass man male, ja auch als Onkel Doktor male und meinetwegen morgen Vormittag, aber Punkt zehn, nicht früher, ersten Unterricht darin erteile.

Ises ungezogene Frage, warum es heute keinen Apfel gebe – sanfte Zurechtweisung unter Bezug auf Kleinst-Knigge. Gang zur heiligen Messkammer, Apfelwahl à discrétion und leichtfassliche Erklärung der Pitoschen Stauröhre. Die aber unterbrochen durch Ises Frage nach dem Namen des Wetterhahns aus echtem Gold. Darauf ein gemeinsames, teils stehendes, teils auf Männerarm sitzendes Verweilen am Kammerfenster mit privatem Blick zur Wolkenuntergrenze. Flüchtige Frage Ises, wohin man ihn werfen solle, den abgekauten Apfelstrunk – großartige Geräuschkulisse aus Nachbar Ziesels Hühnerhaus. Rechtzeitig unterdrückte Belehrung über eine um die X-Achse kreisende Parabel mit Höhe h.

Grauenhaft unfreundlicher Empfang der beiden durch Frau Gutöhrlein, die inzwischen einen verschmierten Gläserlappen, eine veränderte Küche, ein zerrissenes Spiegeltuch, eine schmierige Badewanne, ein vertropftes Parkett, den Farbrand am hellgrauen Sessel, offene Türen, Staubflocken – aber keinen zerknirschten Brotherrn entdeckt hatte. Flucht ins ›Hotelcafé Rheinterrasse‹. [Ise hatte während der Strafpredigt flüsternd nach dem guten Kakao von gestern gefragt.]

Da wird eben serviert!

Der grau melierte Oberkellner wünscht: »Sehr zum Wohl, gnädiges Fräulein! Der Porter, Herr Doktor.«

Er kennt seinen Gast seit sechzehn Jahren, das wird dem erschrockenen Leser in ungefähr einer Minute auffallen, zumal wenn wir verraten, dass er sich unter voller Namensgebung, in jetzt fünfzig Sekunden, einem skandalösen Auftritt entgegenwerfen muss.

Klein-Ise löffelt unter der Sahne heraus den heißen Kakao, sie achtet darauf, dem weißen Gebirge nicht weh zu tun. Scheu legt sie den zerdrückten Brief ihres Kindes auf den Tisch. Den ersten Reisebericht, wie ihr der Onkel Doktor klarzumachen versucht. Ungeduldig fordert sie Aufklärung, und was denn so am Rande stehe?! »Der Rand«, sagt Kaffeepartner Wambach, »nun, das ist der Briefkopf aus dem Speisewagen Aßmannshausen–Paris/Est.«

»Wieso Speisewagen?«, fragt Ise und durchbohrt den ersten Sahneberg.

Der Doktor wird nervös. Es gilt, gemäß nächtlicher Zwiesprache mit der Schlafzimmerdecke, ›un petit billet‹ verständlich zu machen.

Er zündet die Pfeife an, legt sie behutsam in die Nagestellung links und beginnt stockend, in der Fachsprache Fünfundeinhalbjähriger darzustellen, dass Rapunzel lebe und justament im Speisewagen sitze. Ein Speisewagen sei ein Wagen, in dem man speise. Rapunzel aber sei nicht Rapunzel, sondern eine Dame. Demzufolge trinke sie nicht, wie eine ordinäre Puppe, Kakao mit Sahne, sondern einen giftgrünen, einen überaus gefährlichen Pernod –

»Was ist das?«, will Ise wissen, »ein Berno?«

Ein Schrei, ein kleiner spitzer Schrei, der Louise bedeutet, lang und zweisilbig gedehnt, Loui-se also, immer und immer wieder! Die beiden, eben auf der dritten Sprosse des Speisewagens Aßmannshausen–Paris/Est, erschrecken. Sie fahren zusammen, klassisch und bühnengerecht, denn von der gegenüberliegenden Seite der Friedrich-Ebert-Straße, früheren Paul-von-Hindenburg-Allee, winkt eine Dame mit dem Schirm und eilt, immer schrill und impertinent Ises schönen Namen zerhackend, vor die duftige Hortensienmauer, durch sie hindurch und an den betroffenen Hotelgästen vorbei gegen den Marmortisch unserer sieben Briefe. ›Hotelcafé

Rheinterrasse‹ ist, das wurde erwähnt, ein gedämpft vornehmes Etablissement. Der Auftritt einer gestikulierenden Dame mit Schirm erregte beim Publikum Protest. Man lachte dezent gehässig, man schwieg mit erhobenen Augenbrauen. Es tut uns weh für Klein-Ise mit den Rattenschwänzchen, zugeben zu müssen, dass diese Dame den Namen Kopperschmidt trägt und der bürgerlichen Mittelklasse entstammt.

Was sie hier suche, in Dreiteufelsnamen, mit dem alten hässlichen Mann am Tisch, he?!

»Was habe ich dir tausendmal erklärt, Lou-ise?! Sollst du mit fremden Leuten gehen, und noch mit Männern wie dem da, wie? Sollst du Essen nehmen? Bist du denn ganz und gar von Gott verlassen?!« So zeterte die Gute vor den unechten Empiresesseln und koppelte Vulgäres mit dem Namen des Herrn. Immer mit geschwungenem Schirm.

Eine Szene! Frau Kopperschmidt selbst ist kein Vorwurf zu machen, sie las regelmäßig ihr Boulevardblatt, letzte Woche einen Fortsetzungsbericht über frühmexikanische Kinderschlachtungen, etwas von Lindbergh hatte sie auch schon gehört. Seit gestern verfolgte sie die Kastration von Sängerknaben.

Fetzen ihrer Bildung schreit sie der weinenden Ise ins Gesicht und wirft sie, so nebenbei, dem alten Mann vor die Füße. Mehrere Male schon hatte der Unglückliche versucht, sich vorzustellen, einer Dame der bürgerlichen Mittelklasse gegenüber die Zauberformel seines akademischen Grades anzuwenden – Frau Kopperschmidt lässt ihn nicht zu Wort kommen. Sie zerrt ihrer schluchzenden Louise den Mantel über die Schulter und schiebt das Kind durch die Hotelhalle.

Doch hier im Innern seines Berufstempels wirft sich Herr Hillenbrandt in die Schlacht. Mit einer zischenden, grauenhaft deutlichen Bemerkung:

»Sie haben sich wohl im Haus geirrt, Madame? Bei uns verkehrt man. Bei uns brüllt man nicht. Sie Pute!«

Man beachte den dramatischen Effekt: Herr Hillenbrandt, ein Meter neunzig, Seidenfrack, flüstert mit öligem Lächeln einer Dame dieses Kompliment ins Ohr. Die rechte Hand weist in höflicher Routine nach dem Ausgang, als handle es sich um das bewährte: ›angenehme Reise, die Herrschaften‹. Das ganze Schauspiel versteckt und schonend vor verweinten Kinderaugen. Hut ab vor Herrn Hillenbrandt!

Seine Wirkung ist gut: Pute – das war neu für Frau Kopperschmidt. Sie schwieg. Sie vergaß einfach zu reden, so neu war ihr die Pute. Während sie überlegte, lächelte der furchtbare Mann in halblauter Eleganz:

»Ich erweise Ihnen die Ehre, Madame, den Namen eines Herrn zu nennen, der Ihrem charmanten Fräulein Tochter eine kleine Freude zu bereiten sich herbeiließ: Herr Obervertrauensarzt Dr. med., Dr. phil. h.c. Hubert von Wambach, Ehrenpräsident des Internationalen Medizinalkongresses, Oberbürgermeister a.D. der Städte –«

Hier verstummte Herr Hillenbrandt, da ihm der Fantasiefaden riss, aber er verstummte geschickt in einem Räuspern, als weise er ehrfurchtsersterbend in eine Gedankenreihe, die auf Smyrna ruht. Dann lächelte er eisig:

»Im Übrigen, die Dame, mein Name ist Hillenbrandt, Joseph Hillenbrandt, stehe ganz zur Verfügung. Man findet mich täglich in dieser Halle. Auch Herr Gemahl angenehm.«

Er schaut ihr eine Sekunde ins Gesicht. Eine schlimme Sekunde.

Frau Kopperschmidt schweigt. Sie fürchtet sich. Sie teilt den Komplex der bürgerlichen Mittelklasse vor grau melierten Oberkellnern mit Sprachkenntnissen. Frau Kopperschmidt geht schnell nach Hause. Sie zieht ihr weinendes Kind hinter sich her. Auf der Hotelterrasse steht Doktor Wambach und sieht ihnen nach. Er zittert und stützt sich mit der Hand auf die Lehne des unechten Empiresessels. Er schämt sich. Er ist Oberarzt ohne Vertrauen. Das Intermezzo in der Hotelhalle war ihm entgangen, er hätte es getadelt. Er hatte eben noch Kraft genug, seine Schwäche vor den hochgezogenen Augenbrauen der Gäste zu verbergen.

Wortlos bringt ihm Herr Hillenbrandt Mantel, Hut und Stock. Wortlos begleitet Herr Hillenbrandt seinen Gast an das Taxi vor dem Hotel.

Herr Hillenbrandt sagt:

»Bitte! Auf alle Fälle. Sie nehmen den Wagen, Herr Doktor.« Herr Hillenbrandt denkt: der Chauffeur weiß Bescheid, der Wagen ist heizbar.

Herr Hillenbrandt sagt:

»Man sollte es rasch vergessen, Herr Doktor.«

Und etwas leiser:

»Man sollte sie ganz vergessen.«

Das Taxi fährt an. Herr Hillenbrandt verbeugt sich. Er ist Psychologe, ein untadeliger Oberkellner, obwohl er etwas zu schön melierte graue Schläfen hat.

Herr Obervertrauensarzt Doktor Wambach saß am späten Abend im Nachthemd, mit einer blauen Zipfelmütze, am großväterlichen Schreibtisch und lächelte vor sich hin.

Ob, in diesem Augenblick, der Herausgeber seiner sieben Briefe als glaubwürdig gelten darf?

Frau Gutöhrleins Werk, dieses Lächeln.

Wir übergehen die quälende Heimfahrt des Alten,

den charakterfesten Entschluss seiner Putzfrau, nie wieder mit ihrem Brotherrn zu scherzen. Übergehen die strenge Bettruhe des Arztes ad usum proprium, die Bettflasche auf den erkalteten Knien, die Migränetabletten auf dem Nachttisch, das von Frau Gutöhrlein weinend und allein eingenommene Pracht-Mittagessen und kommen zum freudigen Ereignis selbst: zum großväterlichen Schreibtisch und dem zipfelmützigen Wambach, der sich lächelnd über ihn beugt.

Auf eigene Verantwortung, wie man sagt, war Frau Gutöhrlein noch am gleichen Abend zu Makler-Kopperschmidts gegangen, Schützenstraße, Ecke Alexanderplatz, und hatte Taktgefühl und Geschwätzigkeit in guter Mischdosis an die Leute gebracht. Dann war sie sofort, ohne lohntarifliche Bindung, den ganzen Weg zurückgegangen, um dem kranken Mann im Bett zuzurufen:

»Sie kommt! Morgen früh um zehn. Und Kopperschmidts würden sich freuen, Herr Doktor, wenn Sie morgen dort Tee trinken könnten. Gegen fünf. Man will alles klären.«

Dann sagte sie: »Muss jetzt gehen, mein Mann wird schwer toben. Gute Nacht.«

Sie zögerte unter der Tür. Man sollte nichts Übermenschliches von ihr verlangen. So sagte sie auch schon mit weicher, aber deutlicher Stimme:

»Bitte, nehmen Sie zum Malen nur noch den blauen Wolllappen, Herr Doktor! In der Besenkammer links.«

Sprachs und ging.

Herr Obervertrauensarzt Doktor Wambach schob die erkaltete Pfeife in die Lücke rechts, neben dem Weisheitszahn. Er nahm die Feder, legte sie mit der Linken in die richtige Lage der Rechten, setzte den Zweiglaszwicker auf die Nase und kritzelte beschwingt auf den Werberezeptblock der Firma Knoerringen/Sohn:

O Mutti, chère mamutschka, ich bin glücklich! Ich weine und bin glücklich.
Du müsstest ihn sehen! Er hat Hände wie, ich weiß nicht wie. Zart wie Ginster. Und Augen hat er, o du Liebe, graugrün oder so, vielleicht auch dunkelgelb. Ridicule! Ich sah nur sie und weiß nicht, welche Farbe sie haben.
Hast du den Velour abgeschickt und das Karierte? Vergiss es nicht. Adresse, wie gesagt: Hotel George V. Was für ein Haus! Größer als meine Puppenstube, oder sagen wir: so groß wie Ziesels Hühnerhaus, kennst du Ziesels? Oder noch größer. Aber vornehm. Keiner redet laut. Ein bisschen wie Hotel Rheinterrasse.
Oh, ich weiß alles, Doktor Wambach hat's mir eben telefoniert, schöne Blamage.

Er – heißt: Gérard, und ist ein Prinz, ein richtiger, stell dir vor! Ich würde ihn auch als Bettler lieben, aber nun ist er mal Prinz, das ist doch besser, findest du nicht? Wer hätte das gedacht, als du mich über eine [!] Stunde ohne Aufsicht am Bahndamm der Schilleranlage – doch reden wir nicht davon.
Gérards Mutter müsstest du sehen. Zum Fürchten schön, eine Dame. Eine richtige Fürstin. Auch so, äußerlich, weißt du. Ich durfte lange in ihrem Coupé sitzen, sie hatten eines für sich allein, und erster Klasse, oh! Für Gérard, Seine Gnädige Frau Mutter und Herrn Professor von Haselberg, einen Deutschen. Das ist sein Leibarzt. Komischer Name, cela! Ob es auch Seelenärzte gibt?
Die Fürstin fragte nach meinem Gepäck. Diese Schande, und ich bin nur so! Ein gelber Schuh fehlt auch, und mein Schürzchen ist am Band schon ganz verschlissen. Schicke ja gleich die Sachen!
Ich glaube, Professor von Haselberg mag mich nicht. Er sprach fast kein Wort und las ein schweres Buch über Isobahnen oder so. Nur einmal, kurz hinter Château-Thierry, sagte er mit seinem suffisanten Lächeln: »Mademoiselle haben wohl Ihr Gepäck aufgegeben?« O mon Dieu, nur Gérard liebt mich. Das spürt man. Nicht wahr, Muttilein, sowas spürt man doch?!
Morgen treffen wir uns im Bois, heimlich und allein. Nur rasch den Velour. Und Geld. Vor allem Geld, viel

Geld, ich habe das Gefühl, dass man immer welches haben sollte. Sicher kostet das etwas, so ein Hotel, größer als Ziesels Hühnerhaus.
Tausend Küsse!
Ist noch was im Schweinchen? Schick's gleich mit!!

Deine Rapunzel

P.S. *Jetzt weine ich wieder.*

Mittwoch

Der letzte Mittwoch des Doktor Wambach

Der Doktor hatte eine vorzügliche, traumlos tiefe Nacht hinter sich, als ihn der unverschämte Wecker hochriss. Dennoch ist zu befürchten, dass die Nerven eines Dreiundachtzigjährigen nicht einfach durch Schlaf – kurzum, auch Schwägerin Clara schien etwas zu spüren, telepathisch gewissermaßen, sie machte sich Sorgen und wollte ihr Gewissen erleichtern, das durch Inseratreisen immer ein wenig in Schwingung geriet. Clara sitzt im Augenblick auf der Terrasse der Pension ›Zum Adler‹ in Hagnau am Bodensee – nicht allein, begreiflicherweise, sondern beim Morgenkaffee angenehm unterhalten durch einen mittelalterlichen Oberinspektor der Bundesversicherungsanstalt, ihrem Inseratpartner, den sie seit zehn Stunden schüchtern ›du‹ nennt, da gewisse Freiheiten, die sie sich nahmen, die dritte Pluralis als überholt gelten ließen.

Was Schwager Wambachs harmlosen Schlaf betrifft, so macht sie sich Sorgen, die Clara. Sie bemerkt auf einer Postkarte mit Alpenglühen, Schlafen sei gesund. Sie bitte und befehle zärtlich: Schlaf zu jeder Zeit. Auch nach den Mahlzeiten! Aufregung störe ihn erheblich, das wisse sie, Clara, selbst sehr wohl, und bis Sonntagabend also, gegen neun. Aber nicht abholen am Bahnhof, sie nehme ein Taxi.

Die Karte kommt erst morgen, der Bodensee liegt ziemlich weit im Süden.

Herr Doktor Wambach merkte, dass er nicht in Ordnung war. Er konnte den linken Pantoffel erst beim zweiten Zug der nackten Zehe fischen, auch hatte er Schwindelgefühle beim Aufstehen.

Er schlurfte ins Badezimmer. Dort hing ein elfenbeinfarbenes Holzkästchen, Hausapotheke genannt, doch müssen wir den medizinisch interessierten Leser enttäuschen: Auch die private Apotheke eines Arztes enthält außer Sicherheitsnadeln, Kleesalz und Rasierklingen kein brauchbares Medikament, wenn man Fichtennadeln, zwei Tuben Ölfarbe und eine verrostete Mausefalle nicht großzügig als Pharmazeutika ansprechen will.

Wie in jedem Haushalt lagen drei halb leere Glasröhrchen mit Kopfwehtabletten, ein Tiegel Hautsalbe und eine zerfranste Rolle Hansaplast im Küchenschrank, neben der Teebüchse. Und dort, in der

Küche, steht der gute Wambach, nimmt erst einen Schluck Wasser, wirft mit geschlossenen Augen zwei Migränetabletten in den Schlund, beugt den Kopf zurück, ein irres Huhn, und stellt sich an wie Patienten.

Wambachs Praxis war, vor seiner Beamtenzeit, nie sonderlich modern gewesen; er hielt nichts von Nickel und Stahlrohr. Er malte ebenso gerne wie er perkutierte. Der täglichen Flut von Fachzeitschriften und Ärztemustern hatte er immer die Lektüre der Bergpredigt entgegengehalten, oder Erich Kästners: ›Emil und die Detektive‹.

Das Frühstück nahm er im Sitzen, doch wäre Schwägerin Clara mit seiner hastigen Kautechnik nicht einverstanden gewesen. Während er saß, dachte er an sein Programm: Um zehn kommt Rapunzel, gemeint Ise. Unverantwortlich, vorher die Luftfeuchtigkeit zu messen. Später vielleicht, mit Odette.

Er nahm seinen Hut, den Stock und die Handschuhe. Er trug immer Handschuhe, auch bei fünfunddreißig Grad im Schatten, er hasste feuchte Hände. Im Briefkasten lagen Ärztemuster. Die chemische Industrie schickte sie getreulich umsonst seit 46 Jahren, sie konnte sie vom Einkommen absetzen.

Herr Doktor Wambach zögerte vor Lehrer Ziesels Briefkasten, dann steckte er die glänzenden Tuben und Bakelitkästchen in die Rocktasche, um sie Ise zu schenken.

Es war eine eminent harte sittliche Pflicht, die ihn zuerst aufs Fundbüro trieb, eine kantisch-eckige Gemütsregung! Auch Schiller, als Protektor der Anlage, in der sich Rapunzel verlaufen hatte, war längst überwunden und hatte dem verspielten Doktor Platz gemacht.

Mürrisch also betrat er das Fundbüro. Dort kannte niemand Rapunzel. Wo es denn passiert sei, fragte noch einmal der kleine Bebrillte. »Am Sandplatz der Schilleranlage, vorgestern, so gegen elf«, sagte Herr Doktor Wambach und grüßte fröhlich, als er hinausging. Er dachte an den Jungen von neulich, aber er sah gar nichts, so schön war der Tag.

Spielwarengeschäft Gerwig & Co. Hier steht der Alte. Er lässt sich von einer gelangweilten Blondine alle Mechanismen kindlicher Träume erklären, immer wieder, in sprunghaften Sonderwünschen. Frech greift er in alle Regale.

Schon lagen beide Verkaufstische voller Puppengarnituren, Dampfmaschinen, Kleinkindermöbel und Glasklicker, als Wambach mit lauten Rufen des Entzückens ein geschupptes Kaleidoskop entdeckte. Er gab der verdutzten Blondine seinen Stock, eilte ans Fenster gegen das Tageslicht und hielt das Ding vor sein rechtes Auge. Zuweilen sagte er: »ah!«, manchmal auch: »oh!«.

Die Blondine wählte der Resignation besten Teil: sie polierte die hübsch gerundeten Fingernägel, während ihr Kunde mit Sorgfalt ein gelungenes Ornament in die Ausgangslage zurückdrehen wollte – umsonst natürlich, wie stud. med. Hubert Wambach kurz vor dem Physikum beteuert hätte, unter Bezug auf Galton und die Zufallsrelation Wurzel Ha minus Vau, oder ähnlich. Nach einer Stunde erklärte der Herr, er danke für die Bedienung und hätte gerne eine Kinderpost.

Er nahm unbesehen die kleinste und ging hinaus. Mit einem hochmütigen Gesicht. Er spürte ihn wohl, im Rücken, den mitleidigen Blick der hübsch gerundeten Blondine.

Ohne Zipfelmütze, die Pfeife in Nagestellung links, saß er am großväterlichen Schreibtisch. Er wurde amtlich, er fälschte Dokumente.

Die Firma Knoerringen/Sohn, deren Werberezeptblocks er seit Jahren gerne benützte, war leider nie auf den Gedanken gekommen, ihr din-Format der Kinderbundespost anzupassen. Erst nach langwierigen Falzversuchen, unter denen der Montagbrief, ›un petit billet‹, zu leiden hatte, gelang es Wambach, beide Episteln in kleinen Kuverts zu verstauen. Ihre Frankierung mit Hausmarken der Kinderbundespost war ihm zu gefährlich. Womöglich hatte Ise diese fantasielosen Turteltauben und Posthörner schon gesehen oder leitete selbst eine kleine Oberpostdirektion?

Neue Arbeit! Claras Inserat-Postkarten, ausländische vor allem, wurden aus der Schreibtischlade geholt, sortiert und die würdigsten beiseitegelegt. Wambach ging ins Schlafzimmer und holte die Schere. Er zögerte. Dann zerstörte er andächtig die waldesrauschenden, palmenraschelnden, meeresschäumenden Einmaligkeiten seiner Schwägerin, mit »herzlichen Grüßen auch«, und »es ist wieder nichts. Ein ganz passabler Mann, aber gegen dich, Schwager!« Kurzum, der Alte las die Karten, zerfetzte sie und fand, Clara sei eine prächtige Person. Fast eine Odette.

Er ging zum Waschbecken, die Marken wässern, er ging in die Besenkammer, Leim holen, oh, er hatte seine zwei Stunden Arbeit! Er tat sie wie im Fieber, er war einer Ise begegnet, Sehnsuchts-Ise, deren Besitz und liebende Eigenproduktion er in Schonung seiner zarten Gemahlin nie hatte erleben dürfen.

Das Stempeln der Marken war schwierig. Es galt, den schon sichtbaren Tintenduktus weiterzuführen. Einige, vor allem die knalligen, mit Schlössern und langrumpfigen Flugzeugen, stempelte er mithilfe einer kleinen Münze. Er verschmierte die Manschette. Er lächelte stolz, da ihm die Federführung um den linken Daumen herum gelungen war. Der Montagbrief bekam ein rotes Kreuz, veraltet, die Methode, aber eine wirksame Eilpost für Kinder. Der Dienstag wurde versehentlich an: Herrn Professor Dr. Wambach, Universitätskliniken, geleitet und umadressiert; er sah prächtig aus und sehr interessant. Wie auch immer, die Zeit ging verloren an der Arbeit über das kassenärztliche Hauptreferat: ›Die doppelte Verantwortung‹.

Ein frommer Bekannter des Herausgebers betont indessen, solcherart verplemperte Zeit werde im Jenseits gutgeschrieben. Dem stimmen wir gerne zu.

Es war zehn Uhr. Frau Gutöhrlein betrat in herzloser Lautstärke ihre Arbeitsstätte. Sie grüßte mit Zurückhaltung. Es schien ihr angemessen, Lohntarif und Sympathie zu trennen, eine moralisch gelungene Haltung, die Herr Doktor Wambach schweigend quittierte.

Das Pendel machte ihn nervös. Längst quälte er sich wieder über dem Entwurf seiner doppelten Verantwortung. Er sah den roten Plüsch des Staatlichen Schauspielhauses der Grossstadt. Er sah sie unter seinem Rednerpult, die straffen Haarknoten der Kolleginnen, die nickenden Kollegenglatzen. Ehrenpräsident auf Lebzeiten, schön und gut, ein wenig läppisch, aber schön und gut, doch Ise kam nicht, es ging auf zehn Uhr zwanzig.

Er unterstrich den Satz: »Arzt auf Vertrauen zu

sein …«, aber das half nicht viel. Der Eimer klapperte auf dem Korridor.

Doktor Wambach stand auf, stieg über Frau Gutöhrleins Bohnerwachsbüchse hinweg und keuchte die steile Holztreppe hinauf, um beim Anblick des geplatzten Pilot-Ballons seine Selbstachtung zu festigen.

»Das geht weit, Hubert!«, sagte er in direkter Rede, »das geht entschieden zu weit.«

Er versuchte im Spiegel eine zynische Mundbewegung zu machen. Fast wäre ihm die Pfeife heruntergefallen, und er ließ es sein. Er staubte, in mechanischen Bewegungen, das Deutsche Handbuch für Isobarenforschung ab, Leipzig 1874, vierte, wesentlich erweiterte Auflage, und zwang sich, die Luftfeuchtigkeit zu messen.

Zuvor aber –

»Erlaube mal, Hubert.«

– zuvor einen privaten Morgenblick zur Wolkenuntergrenze.

Man weiß Bescheid. Er lehnte sich weit aus dem Kammerfenster, man sah von hier bis zur Schützenstraße/Ecke Alexanderplatz. Er blickte über die kahlen Baumkronen und wurde ängstlich: drüben überquerte ein Omnibus der Linie Drei die Straße. Genau dort aber musste man vorbeikommen!

Im Nachbargarten gluckerten Lehrer Ziesels Hühner. Die Lehrerbuben waren zu hören. Sie liefen mit Hallo und lautem Lachen über die Wiese, und dann –

Oh, es war nicht möglich. Sowas geht doch nicht, nein, wirklich! Ises Name traf ihn wie ein Schlag. Er lehnte sich über die Fensterbank, um den toten Winkel zu durchbrechen. Plötzlich machte ihm der Blutdruck zu schaffen. Es wurde grau vor den Augen, er taumelte und setzte sich rasch zurück auf den Hocker neben der Mittwochskladde.

Der Blutdruck allein? Doktor Wambach schaute auf seine Zehenspitzen im Lederpantoffel, er bewegte sie hin und her und fühlte sich elend. Er nahm einen Boskop vom Gestell und drehte ihn mit der rechten Hand.

Er hörte durch das Fenster die Buben schreien. Dazwischen ein bekanntes Lachen. Das tut nicht gut, lieber Hubert.

»Das tut mir nicht gut«, sagte er vor sich hin. Er hörte Ise aufjauchzen vor Freude. Sicher ärgerten sie die Hühner, drunten. Für Ise war das neu. Sie spielte in Lehrer Ziesels Hühnergarten. Auf zehn war sie bestellt, er hatte drei Stunden mit Briefmarken verloren, drei Tage und viel mehr. Da saß er. Er blieb hocken. Er drehte den Lederapfel vor den Knien, er hörte das Blut in den Ohren rauschen. Er spielte eine Rolle. Er merkte, dass er spielte und war müde.

Sein Gesicht wurde bleich vor Schwäche und letzter Energie.

Dann versuchte er es wieder, das Zaubermittel seines langen Lebens, er quälte sich sehr. Murmelnd, den gebeugten Kopf über dem Apfel, bat er seinen Verstand um gnädige Ironie, damit sie ihn weitertrage wie bisher, neben Bitterkeit und Hass, zwischen Hoffnung und Todessehnsucht.

Er stand ruhig auf, ein wenig zitternd, aber mit Haltung. Tränen liefen ihm über die Lippen, er murmelte zornig in ganz direkter Anrede:

»Ein Idiot bist du, Hubert, das kann ich dir schriftlich geben.«

Er nahm Emils Detektive von der Obsthurde, er blätterte, er las jede Seite und sah kein Wort, aber er strengte sich an und lächelte. Hut ab, Wambach. Eine üble Stunde. Vergiss sie und tu es rasch. Allerorts wird man sich einig in der Erkenntnis, dass keinerlei Aussicht besteht, sterben zu dürfen, bevor man nicht gelebt hat.

Er ging daran, die Luftfeuchtigkeit zu messen, er trug sie ein, schätzte die Wolkenuntergrenze, er schloss die Mittwochskladde und legte den Donnerstag auf den Tisch, voilà, da liegt er.

Die steile Holztreppe knarrte lustig unter seinen Schuhen, was weiß Parkett vom Leben.

Er wählte der Resignation heitersten Teil, er nahm

den Stock, den Hut und die Handschuhe, warf den Mantel über seine Schulter und gab Frau Gutöhrlein den ruhigen Befehl, Ise mit Kakao zu versorgen, falls sie noch komme.

Er gehe zum Nordfriedhof.

Frau Gutöhrlein wagte kein Schwätzchen. Das Gesicht ihres Brotherrn war höfliche Abwehr. Sie nickte und machte eine schonende Bemerkung über den Dreischeibenblocker, das Kabel müsse zur Reparatur. Dann ging der Doktor. Im Briefkasten waren keine Ärztemuster, heute, nur eine alpenglühende Postkarte aus Hagnau am Bodensee. Wir kennen den Inhalt und übergehen seine herzliche Nutzlosigkeit.

Dann schritt er fürbass und schwang den Stock.

Kurze Zeit später saß er, nicht wie vom Herausgeber erwartet, auf der Sandsteinbank des Nordfriedhofes, sondern laut, etwas überlaut scherzend, allerlei senile Possen treibend, in Lehrer Ziesels Hühnergarten, um allgemeinen Malunterricht zu geben.

Seine Staffelei stand leer neben ihm. Sie war beleidigt. Frau Gutöhrlein hatte sie hastig und erfreut hinübergetragen, sie bohnerte inzwischen, mit einem Marschlied ihres Oberfahrleiters Karl auf den Lippen, die Schreibtischgarnitur des Brotherrn.

Es war ein vollkommener März. Der Himmel wolkenlos, ein schweres Zwischen-Tief, wie der Sprecher im Funkhaus verkündet hatte, doch keiner kümmerte sich darum.

Ziesels Hühner standen in skeptischem, weitem Halbkreis um die Leute, sie hatten genug von Kinderlaunen, vor allem heute, da die Buben, der schönen Ise zuliebe, Max und Moritz mit ihnen gespielt hatten – vier Stückchen Brot an einem gekreuzten Bindfaden – aber ohne Erfolg.

»Vorsicht Kinder«, hatte der Hahn gesagt, »Wilhelm Busch! Ihr wisst Bescheid.«

Maler Wambach gab freien Unterricht. Auf die Farben komme es an, äußerte er wohlwollend und zwinkerte mit dem linken Auge, sodass die Kinder lachen mussten, auf die Farben! Das sei nun mal so, beim Malen.

Die Kinder nickten.

Herr Doktor Wambach versuchte, unmerklich auf eine leichtfassliche Theorie der Strahlenbrechung einzugehen, umriss flüchtig das Prisma und die Grenzwerte des Breiten-Spektrums, doch endete sein Unterricht, auf Ises Drängen, rasch im Praktischen:

Lehrer Ziesels Buben hielten, vor Freude hüpfend, den Spazierstock des Onkel Doktors, während Klein-Ise ihm, ungeschickt und mit Eifer, rote Ringe aufpinselte.

Wambach verzog die Nase, wackelte mit den großen Ohren und war überhaupt ein prima Onkel. Er zitterte, da Ise es befahl, mit den Händen am Stock – o Ironie eines Künstlerlebens –, damit die roten Ringe reizvoll schwierig würden.

Langsam kamen die Hühner auf Reichweite. Die Sonne stand prächtig im Zenit, und alle Kinder waren glücklich.

Mit Mühe zwang Frau Gutöhrlein Klein-Ise, ihren Brotherrn und, da es nicht mehr darauf ankomme, die ganze Bande zu Tisch.

Es gab Zwiebelpfannkuchen mit gemischtem Salat. Schon die Mutter der Frau Gutöhrlein, längst tot und damit selig, hatte Zwiebelpfannkuchen als eine gesunde Mahlzeit bezeichnet. So hielt auch Frau Gutöhrlein das Gericht für angebracht, einen geretteten Tag zu feiern.

Sie stand am Herd, schwätzte über Ölfarbe und empfindlich hellgraue Sessel, drehte die brodelnde Pfanne und aß hie und da selber einen Happen im Stehen. Ihre Gäste schmausten am Tisch.

Pfannkuchen, erklärte Frau Gutöhrlein und schwitzte, Pfannkuchen esse man in Pforzheim und allen kultivierten Familien direkt neben dem Herd in der Küche, jawohl in der Küche, und ob Ise noch einen ganz, ganz kleinen, wunderbar fettblasigen schaffen könne?

Sie konnte. Sie kaute und plapperte eine Menge. Hühner seien aber schrecklich dumm, sagte sie.

»Wieso dumm?«, wollte der Doktor wissen.

»Nur so«, sagte Ise. »Wie die sich anstellen!«

Sie lachte laut. Und was die Zieselbuben alles könnten, meinte sie unter Gekicher, gar nicht zu sagen! Wie im Zirkus wär's gewesen. Sie prustete los, vor Lachen, und verschluckte sich. Sie ließ sich von Frau Gutöhrlein unter fachärztlicher Aufsicht den schmalen Rücken klopfen. Dann schaffte sie noch den vierten, ganz, ganz kleinen Pfannkuchen und erklärte schmatzend, man habe sie einfach in den Garten gerufen. So im Vorbeigehen.

»Dann haben sie mich gefangen«, sagte sie und schaute forschend auf ihr Vis-à-vis.

Richtig gefangen?« fragte der.

»Ja, richtig.«

»Gewehrt?«

»Furchtbar gewehrt! Aber die waren stärker.«

»Gefangen?!!«

»Ja. Doch«, sagte Ise scheu und sah auf den Teller.

»Wo ist denn überhaupt meine Rapunzel?«

Doktor Wambach schwieg. Liebende Ise auf dem Weg zu ihm verschleppt. Prinzessin Louise von Ritter Ziesels Junkern gefangengesetzt. Fee mit Rattenschwanz auf keuschem Pfad zu Wambachs Burg, wie gut das tat!

Er lächelte und dachte: sie mogelt entzückend.

Frau Gutöhrlein drehte schweigend den Teig. Man sprach kein Wort. Das Fett in der Pfanne zischte.

Da, zum Glück, verlor die junge Kopperschmidt einen Bissen von der Gabel. Erlöst tadelte Herr Doktor Wambach seine Tischdame. Er tat es mit leiser Stimme. Mühelos brachte er das Thema auf Rapunzels Benehmen im Speisewagen Aßmannshausen–Paris/Est.

»Wie die Herrin, so ihr Knecht«, begann er zu zitieren, Frau Gutöhrlein schaute streng und gab ihm noch gemischten Salat. Wambach blieb moralisch. Er schilderte den arroganten Blick des Piccolo Gaston im Speisewagen, seinen bösen, ja bitteren Blick auf das zerrissene Kleid der armen Puppe. Ihr rechter Schuh, wo sei denn der? Vom Schürzchen könne man nicht reden, ohne zu erröten. Und dann – weil Rapunzel immer lache, auch beim Essen, was sei passiert?

»Pernod hat sie verschüttet, mitten auf die blaue Schürze!«

Wambach machte ein Gesicht wie bei Beerdigungen. Das alkoholische Teufelszeug, schon gar nichts für junge Damen, gehe so schwer aus Kleidern. Außerdem: Während Gaston, der Gauner, etwas zu glatt und intim, mit seiner Serviette zu reiben begann, was sei geschehen, he?

»Der ganze Staub der Schilleranlage war in seinem weißen Tuch.«

Frau Gutöhrlein schaute herüber. Wambach fühlte sich ungemütlich. Er meine auch nur, sagte er. Aber ob sie, Louise Kopperschmidt, jemals so nach Paris gefahren sei, direkt vom Sandplatz weg? In einem Fähnchen? Ohne Schuhe?

Ise war noch nie nach Paris gefahren. Sie betonte es mit erschrockenem Mündchen.

»Gut, meine Herren!«, sagte Gastgeber Wambach, erhob sich, verabschiedete die Zieselbuben mit einem Klaps auf die Köpfe und führte Fräulein Louise gnädig hinüber in sein sonniges Arbeitszimmer, leicht und sehr moralisch dozierend, wie er es gelesen hatte, unter ›Pädagogik‹.

Dann reichte er ihr feierlich die beiden Briefe.

Sie seien von Rapunzel. Ja, von Punzelchen! Und über ihn, den Doktor adressiert, damit die Eltern Kopperschmidt nicht traurig würden.

O selige Stunde für Dichter Hubertus – der Kleinen sein eigenes Werk zu interpretieren. Poet und Schauspieler.

Er sah ihr Entzücken vor den kleinen, bunten Briefen, die Ehrfurcht und scheue Unbeholfenheit, mit der sie den Montagsbrief aus dem Kuvertchen zog. Er hatte es, kluger Taktiker, schon selbst geöffnet, es war der gleiche Brief wie gestern schon.

»Der vom Café Rheinterrasse, nicht wahr, Onkel Doktor?«

»Ja der.«

Er nickte. Er dachte nicht gerne an Café Rheinterrasse und den Schirm der Frau Kopperschmidt. Er dachte nicht gerne an irgendetwas, heute. Schlimm genug, das Ganze.

Er wechselte das Thema – er gab ihr den schön verschlossenen Dienstagsbrief, mit Flugzeug, Wilhelm Tell und Riviera auf den Marken.

»Natürlich darfst du, Kind! Sie sind ja für die Mutter.«

Ise durfte öffnen. Sie tat es mit dem Elfenbeinmesser vom Schreibtisch. Sie streckte im Eifer die spitze Zunge durch die Zähnchen. So etwas war noch nie im Leben.

Dann aber: wie ließ er sich Zeit, der Troll! Köstliche Minuten Zeit, um vor Ise die Lupe zu suchen, hier vielleicht, nein dort könnte sie liegen, willst du mal sehen? Die Marken zu prüfen, ihre Stempel, hm, sehr fein gestempelt. Das ist der Tag, das die Stunde, sieht man doch, rechts die Stunde von der Post. Nein, rechts, sage ich.

Es tat ihm gut, Ises Ungeduld durch geschicktes Missverstehen zu steigern.

Wer dachte noch an depressiven Blutdruck in der Messkammer oben?

Stöhnend beugte sich Herr Doktor Wambach über die Briefe, befühlte gehorsam das feine Papier, tadelte, gleich Ise, entschieden die hässliche Schrift Rapunzels und stimmte der jungen Mutter zu, dass es dem Kind darin an Erziehung fehle.

Endlich, da Ise von einem Bein auf das andere hüpfte, wurde er dienstlich und suchte mit penetranter Geduld den Zweiglaszwicker. Er ließ sich seine Pfeife anstecken, warnte vor Feuer, Schere, Licht, legte die Pfeife nach links und merkte, dass es genug sei. Ise war in Gefahr, zu platzen.

Er las den ersten seiner sieben Briefe.

Es ist angebracht, zuvor des doppelten Mokkas zu gedenken, den Frau Gutöhrlein inzwischen, zusammen mit einer rotgetupften Riesentasse Schokolade, serviert hatte – allseits noch schönen Tag wünschend und auf Wiedersehen.

Blutdruck und doppelter Mokka, das weiß auch der medizinische Laie, führen in unmittelbare Nähe des objektiven Weltgeistes.

Der war, bei Gott, schon nötig für den alten Herrn! Auch für seinen Versuch, verständliche Aufklärungsarbeit zu leisten, als Mime im eigenen Drama zu agieren und folgende Punkte mit einiger Grandezza zu meistern:

1. Schwierigkeiten beim Entziffern eigener Hieroglyphen [Arztschrift];

2. Versuch einer direkten Bildübertragung aus Gastons Pernod-Milieu in Ises Kakao-Verstand;

3. Versuch, eine fließende Fantasiesprache zu reden, während man den untauglichen Text für Erwachsene überblättert;

4. Schwierigkeiten beim Nachgießen von Schokolade und doppeltem Mokka [Tremor der rechten Hand].

Doch die Sache ging famos. Die kleine Kopperschmidt begriff, dass Rapunzel im Augenblick nicht zu erreichen war. Doch ahnte sie, dass ihrem Kind Großes, schmerzhaft Lebendiges widerfahre.

Da unsere Gesellschaftsordnung auf dem rührenden Irrtum beruht, Erziehung nütze etwas, so hatte Isechen einfach zu kapieren, schuldbewusst und möglichst rasch zu lernen, dass man Punzel helfen müsse. Allein auf Reise, den rechten Schuh verschlampt, den linken durchgelaufen, das Schürzenband verschlissen, die märchenhaften Blondhaare zersträhnt und matt. Ohne Taschengeld. Ohne Tischsitten [wo selbst ihre Mutter Zwiebelpfannkuchen von der Gabel warf], ohne Sprachkenntnisse [wo selbst ihre Mutter beim Essen schmatzte], ohne Schutz und ohne Hoffnung.

Und warum?!

Ise heulte. Jetzt war's dem Doktor genug! Er verdammte den Enzyklopädisten mit der moralischen Selbstzündung, nahm sein Taschentuch, holte vom Nachttisch drei dicke Pralinen und sagte, das sei alles halb so schlimm.

Tun müsse man etwas, selbstverständlich. Vielleicht ein Päckchen nach Paris?!

Dort läuft sie nach Hause, Ise mit den mageren Zöpfen, hüpft freudig über den Zebrastreifen der Schützenstraße, schon beim Alexanderplatz – eine Sekunde vor dem röhrenden Omnibus der Linie Drei. Sie dreht dem Schaffner eine Nase, doch heißt der nicht Karl Gutöhrlein, und das ist gut.

Rapunzel sollte im Frühlingsrausch der großen Stadt bestehen können, rasch ein Paket! Sie sollte nicht darben auf dem Kiesweg vor den Tuilerien, nicht frösteln in den düsteren Arkaden der Place des Vosges und dem zugigen Plafond des Eiffelturms. So nach Wambachs Sprache. Der stand auf dem Balkon und sah ihr nach. Der doppelte Mokka war verbraucht.

»Eine gute Stunde, Hubert!«, dachte er in direktem Denken. »Eine gute.«

Er ging zurück ins Zimmer, legte sich ächzend auf das Ledersofa und schaute an die Decke.

Den Five-o'clock-tea bei Makler Kopperschmidt

zu schildern, ist für den Herausgeber eine überaus traurige Berufslast.

Den Tea selbst auch noch zu schlucken, wurde für Herrn Obervertrauensarzt Doktor Wambach eine sittliche Leistung. Die Kanne war nicht gebrüht worden, offenbar servierte Lady Kopperschmidt sonst noch Pfefferminze in ihr, kurzum, eine schlimme Brühe war das, und eine böse Stunde.

Wambach saß im guten Zimmer des deutschen Mittelstandes, nippte an der chinesischen Tasse und gab sich Mühe, über die geflammten Nussbaummöbel hinwegzusehen, fielen doch seine Blicke auf Tapete und Bilder des deutschen Bildungsstandes. Er fühlte das Asthma kommen und wurde nervös. »Das wirst du mir durchhalten, Hubert«, dachte er schneidig und lächelte dem Makler zu, der, seine Tasse in den Wurstfingern, mit lauter Stimme erklärte, unter gebildeten Leuten dürfe ein solcher Vorfall nie alt werden.

»Da sage ich immer: Hand aufs Herz und ruhig eine Lippe riskiert. Habe ich nicht recht, Doktorchen!« Wambach nickte erschrocken. Dann besprach man ruhig die Affäre im ›Hotelcafé Rheinterrasse‹. Der Doktor wurde offiziell um Entschuldigung gebeten. Der Doktor, hinwiederum, bat offiziell um Entschuldigung, er sehe ein, man könne nicht einfach mit fremden Kindern Kakao trinken.

»Sie gefiel mir eben, und sie hatte Vertrauen«, sagte er leise und schaute auf seine Tasse.

»Na klar«, brüllte Makler Kopperschmidt und lachte, »die ist schon ein naives Stück. Rennt hinter allem her!«

Aber vorsichtig müsse man sein, heutzutage, es passiere allerhand in dieser Richtung, erst neulich der fiese Mord im Stadtwald –

»Trotzdem: meine Gattin, müssen Sie wissen, Doktor, meine Gattin erwartet, nu werde doch nich gleich rot, Gretel, erwartet das Zweite; da sind die Weiber immer ein bisschen tüteli. Und was die so alles liest, also ich bin sprachlos, lauter Zeugs, was nur verrückt macht. Ich frage Sie als Arzt – ist das gut für schwangere Nerven? Na was denn! Sie hat zu viel Personal, da bleibt ihr keine Arbeit. Sage ich.«

»Aber Fritz!«, sagte Frau Kopperschmidt flehend. Herr Doktor Wambach schaute auf die Pendeluhr. So also schmeckte der Tee. Trotzdem, die Stunde schien zu gelingen, die Stunde floss dahin. Sie zu überleben, war eine Kleinigkeit. Hubert, die Stunde war gewonnen!!

Herr Doktor Wambach wurde ruhig. Er trank mutig eine schwache zweite Tasse, er plauderte ein wenig aus der Praxis, so alles, was die Leute gerne hören – die Operation am schlagenden Herzen, eine Entbindung im Flugzeug, und ob es wahr sei, dass man Krebs mit gelber Butter gewissermaßen aufs tägliche Brot schmiere?

Er blinzelte zur Pendeluhr. Dickflüssige Minuten, aber nicht zu halten.

»Selbstverständlich, Herr Doktor!«, sagte Frau Kopperschmidt, »wir haben nie etwas dagegen, wenn unsere Lou-ise bei Ihnen im Garten spielt. Es sind ja auch noch die Kinder von Herrn Oberstudiendirektor Ziesel da, nicht wahr?«

Herr Doktor Wambach nickte: »Ja, die sind auch noch da.«

So wär's denn gut gewesen. Blumen hatte er schon abgegeben, obwohl es die Etikette nicht eigentlich verlangte, aber er sagte sich, auch mit dem fuchtelnden Schirm hat sie ein Herz, sie tut mir leid. Sicher ist es ihr Mann, wie üblich, der sie unterdrückt und zur Pute macht.

Bei Gott, der war es! Erfolgsprolet im Seidenhemd, firm in Berufsfragen, Kriegserinnerungen und Autogeschwätz, doch was soll's, dachte Herr Doktor Wambach, erhob sich, küsste Frau Kopperschmidt die feuchte Hand und ging zur Garderobe.

Die Schlacht war gewonnen.

Dachte Wambach.

Herr Kopperschmidt, schon die Hand auf der Klinke, starrte ihn plötzlich an. Seine Augen wurden klein und kalt. Er sagte:

»Habe ich Sie nicht schon irgendwo gesehen, Herr Doktor? Irgendwo im weißen Kittel?«

Er fasste sich an seine Stirn, verstellte dem Gast den Weg zur Tür und sagte drohend langsam:

»Ja, ist es die Möglichkeit? Sie waren es, Doktor, ausgerechnet Sie?«

Gehen wir nach Hause!

Die Szene war anstrengend genug. Sie füllte zwanzig Minuten und wurde einfach peinlich. Gehen wir am Stock wie Doktor Wambach, humpeln wir über den Alexanderplatz, hinauf zur Schützenstraße. Nun ist es doch gekommen, unser Asthma, und so etwas im März! Nie hatte Wambach sein Asthma schon im März. Der Makler hat es vermittelt, Wambach wünscht ihm den Tod. Mit jedem pfeifenden Atemzug den schlimmsten Tod, dem Kerl. Wambach tat das selten, als Arzt, aber ihm diese Szene machen! Wegen damals, zwanzig Jahre war es her, eine solche Szene.

»Der Tag ist im Eimer, Hubert«, dachte er keuchend, »das süße Ding kannst du abschreiben. Die kommt nie wieder.«

Wambach ging den Umweg über die Schilleranlage, setzte sich von Bank zu Bank näher an sein Häuschen und dachte.

Er hatte, Obervertrauensarzt und Chef der Dienststelle, Herrn Kopperschmidt im korrekten Widerspruchsverfahren eine Bäderkur abgelehnt, vor zweimal zehn Jahren.

Mehr war nicht gewesen.

Das hatte ein Loch in den Makler gefressen, zumal ihm der Doktor geraten hatte, er solle ruhighalten und sich fügen. Denn es war allerlei faul gewesen in den Akten. Speziell bei Rentner Kopperschmidt persönlich, faul, ein bisschen mehr als üblich und geduldet, und Wambach war so frei gewesen.

»Refüsiert haben Sie mich, Herr Doktor! Mir eine lebensnotwendige Erholung glatt vermasselt, und warum, wenn ich fragen darf?!«

Er hätte es nicht fragen dürfen heute, schon gar nicht in diesem Ton. Wambach hatte ihm ruhig erzählt, Kassenbetrug sei, streng genommen, gleich Gefängnis. »Und allerseits guten Abend!«

Ise war verloren.

Herr Doktor Wambach kam keuchend über die Treppe in seine Wohnung. In der Küche schluckte er fünf Asthma-Tabletten, kraulte sich das schmerzende Haar und starrte auf den Schreibtisch. Da lagen die zwei kleinen Briefe.

Der Doktor wurde grundsätzlich. Er war nicht in Form, heute, alles war sinnlos, partout nicht in Form, aber eine Arbeit liegen lassen? Luftfeuchtigkeit messen oder Briefe fälschen, man tut seine Pflicht, zumal das Koffein der Tabletten wirkte, und die Wut gegen den Vater eines solchen Kindes.

Wambach konzentrierte sich. Er rauchte – nein, ist es möglich? Eine türkische Zigarette. Rasch und fahrig sog er die tiefen Züge in die Lunge, unwillig ging die kratzende Feder über das Papier, Hut ab, Hubert, Abgang ist alles.

Fernmeldeamt 2
Telefonischer Auftragsdienst

Annahme [Allgemeines]: Für Sie wurde um 17^{06}..... Uhr ein Ferngespräch ~~einfach~~ – dringend – ~~XP~~ – ~~R~~ angenommen

aus: //PARIS [RF/3] //
für: Herrn Dr. med. Hubert Wambach, Apparat [F-Amt 2] 2 54 13
Sein Inhalt wird – ohne Gewähr – wiedergegeben wie folgt:
[Das Gespräch enthält mehr als 15 Auftragsworte!]

Die Direktion des Hotel George V, avenue George V – Paris – wendet sich an Herrn Dr. med. Hubert Wambach mit der Bitte, ihr nach Möglichkeit über das Verbleiben einer gewissen Mademoiselle Rapoun Celle Auskunft zu erteilen.

Mlle Rapoun Celle [vermutlich deutsch-indischer Abstammung] verließ gestern Nacht überraschend und ohne Abmeldung [und Liquidationsregelung!!] ihr Zimmer.
Ihr Gepäck soll spärlich gewesen sein, jedoch nicht reichlicher als bei der Ankunft.
Telefonische Rückfragen aus hochherrschaftlichen Kreisen, die nicht genannt zu werden wünschen, sowie Nachforschungen der Sittenpolizei und des Haut Commissariat Des Affaires Etrangères [Interpol] lassen den Verdacht aufkommen, es könne sich um Mordfall und Betrug, vielleicht um Hochstapelei oder politische Verwicklungen handeln [l'Algérie?!].
In der Nachttischschublade des verlassenen Zimmers fand sich lediglich ein Werberezeptformular der Firma Knoerringen/Sohn, ohne handschriftliche Zeichen. Im Aufdruck die Adresse: Dr. med. Hubert Wambach, Facharzt für Innere Medizin, Telefon: 2 54 13.
Es wird demzufolge angenommen, dass Mlle Rapoun Celle sich in privater Behandlung bei oben genanntem Herrn befindet oder eine andere Kontaktmöglichkeit besteht.
Die Direktion George V wendet sich vertrauensvoll an Monsieur le Docteur und wäre für jedwelche Auskunft, die mit der ärztlichen Schweigepflicht zu vereinbaren ist, zutiefst verbunden.

Aufgenommen und für die Übersetzung:
Klärchen Laporte
Oberpostsekretärin

Am Apparat:
Alphonse Gamin
Sous-Directeur George V

P.S. *Sehr verehrter Herr Doktor Wambach!*
Sie werden sich meiner nicht mehr erinnern. Sie haben mir, vor über neun Jahren, eine beantragte Bäderkur abgelehnt. Mit Recht, wie ich sofort einsehen musste.
Ich lernte durch diesen Umstand, weil ich nämlich zu der Tante aufs Land fuhr, Gustav kennen, meinen geliebten Mann.
Dafür bin ich Ihnen auf ewig dankbar. Was wäre aus meinem Leben geworden ohne Ihre strenge ärztliche Pflichterfüllung?

Ihre ergebene Klärchen Laporte

Der Telefon-Auftragsdienst nimmt grundsätzlich nur Aufträge bis zu höchstens 15 [fünfzehn] Worten entgegen. Ich freue mich, Ihnen dienlich sein zu können. K. L.

Bote bezahlt!

Donnerstag

Der letzte Donnerstag des Doktor Wambach

Obwohl der Sprecher im Funkhaus auch für heute ein Tief mit Wolkenbruch ansagen musste, strahlt eine fleckenlose Märzsonne auf Herrn Lehrer Ziesels Hühnerhaus und Doktor Wambachs Rollladen. Wir sind, das wurde erwähnt, der freudigen Gewissheit, dass sie geradezu märchenhaft leuchten muss über Sacré-Cœur und den Seinebrücken von Aßmannshausen.

Wambachs Rollladen! Er schläft also noch?

Er muss den Wecker überhört haben.

Nicht doch! Er hatte ihn vergessen, zum ersten Mal vergessen, glatt darauf verzichtet, sich seiner zu bedienen. Und nach den Gesetzen der Mechanik rasselt nur, was aufgezogen wurde.

Ein Psychologe der modernen Schule, etwa Herr Hillenbrandt, könnte die Vermutung hegen, Doktor

Wambach habe gestern Abend keine Lust gehabt, jemals wieder aufzuwachen.

So findet ihn Frau Gutöhrlein, während sie sich anschickt, in den hinteren Gemächern das Parkett zu bohnern. Glücklicherweise konnte der Doktor ihr erschrockenes Gesicht nicht sehen, denn er blinzelte geblendet dem quietschenden Rollladen nach, den die Gute in den Kasten zog.

Mein Gott, dachte Frau Gutöhrlein. Aber sie dachte es leise und in einer freundlichen Plauderei über das Wetter. Sie reichte ihm den Bademantel und schob den linken Pantoffel näher, den seine nackte Zehe mechanisch suchte.

Ein schlimmer Abend war das gewesen, abgebrochen endlich durch zwei Schlaftabletten aus dem Küchenschrank und einer sechsten, endgültigen Komposition des Fantasieformulars im Auftrag der Deutschen Bundespost [Fernmeldeamt 2]. Herr Doktor Wambach gehörte ihr keineswegs als zahlendes Mitglied an, wozu Telefon? Man war pensioniert und abgemeldet.

Verlegen blinzelte er dem brutalen Tageslicht entgegen, zog fröstelnd seinen Bademantel um die Schulter und schlurfte ins Badezimmer. Er rasierte sich umständlich, ja pedantisch, er versuchte, die angeschlagene Seele mit Seife zu erfrischen.

Dann saß er mit seiner Putzfrau in der Küche und

frühstückte Spiegeleier, aber ohne Speck. Speck sei ungesund, musste er hören. Er nickte und kaute sein Brot mit Sorgfalt.

Das war länger nicht anzusehen. Frau Gutöhrlein warf ihre Vorsätze in den Eimer und sagte mit guter Stimme:

»Schönen Gruß auch von der kleinen Ise. Sie lässt das Päckchen hier abgeben.«

»Von Ise?«

Er konnte wieder sprechen und kaute schneller.

»Von Louise Kopperschmidt, jawohl«, trotzte sie etwas und wurde korrekt.

»Unterwegs, so bei Käse-Seifert, ja ungefähr bei Käse-Seifert ist es gewesen, oder waren es zwei Häuser –«

»Was denn? Ja, was denn eigentlich?«, drängte ihr Brotherr mit vollem Mund.

»Da hat sie es mir in die Hand gedrückt, heimlich und schnell, das sogenannte Päckchen hier. Pah, eine Tüte! Für Rapunzel sei das, in Paris, für ihre Puppe in Paris, also ich sage, Herr Doktor: was zu weit geht, geht zu weit.«

Sie stand auf, ging in der Küche hin und her, sie predigte für Vernunft und guten Blutdruck.

Eigentlich, deklamierte sie und presste die Hände in die Hüften, eigentlich müsse Frau Bonnet ins Haus, aber sofort. Schluss und basta müsse sein. Wegen einer blöden Puppe aus Stroh! Und wie er denn aussehe, der Doktor? Im Bad sei ein Spiegel, jawohl. Frau Gutöhrlein zwang sich. Sie machte ein strenges Gesicht. Ihr Chef kaute langsam zu Ende. Dann sagte er müde:

»Wo sind die Kleider?«

In der heiligen Messkammer oben beugte sich Herr Obervertrauensarzt Doktor Wambach über das Fensterbrett und suchte die Wolkenuntergrenze. Sie war nicht vorhanden. Er schaute am goldenen Wetterhahn vorbei in den makellosen Märzhimmel, der sich bis hinüber zum Funkhaus und nach Aßmannshausen wölbte. Er hörte die Zieselhühner beim zweiten Frühstück streiten.

Die Puppenkleider und der ›Velour‹.

»Dein Werk, Hubert. Selbstlose Hilfe für ein plärrendes Kind. Wie bist du da reingerutscht, Alter. Das hast du dir fein vermasselt.« Skandal auf der Hotelterrasse, die Maklers toben, Frau Gutöhrlein erzählt alles, und brühwarm, der Clara, sie hält dich für sklerotisch.

»Fein vermasselt, richtig vermasselt«, murmelte er im Tonfall des verletzten Maklers, er sah geflammte Nussbaummöbel am Himmel und spürte den Blutdruck.

Er blickte um sich und bemerkte zum ersten Mal

ohne Bitterkeit die Obsthurde seiner Schwägerin. Er ging hinüber, holte die schönste Lederhaut und biss herzhaft laut hinein.

Apfelkauen. Besser als nichts, ein Tribut an die Zukunft. Er dachte an Clara und holte die Karte aus seiner Rocktasche. Er las sie ohne Zwicker und kniff die Augen zusammen. Er dachte an Hagnau am Bodensee und dass dort schon die Zitronen blühten. Er dachte an ihre mutigen Inseratsreisen, er dachte an die doppelte Verantwortung, an das Gemälde in Öl, an die Puppenkleider, und überhaupt! Er dachte wieder.

Das war genug für heute Morgen. Dann saß er so herum, blätterte in meteorologischem Krimskrams und schaute aus dem Fenster.

Herrn Doktor Wambachs Donnerstag, der letzte, wie wir wissen, verlief praktisch gar nicht oder im Sande.

Klein-Ise war nicht da, nicht gemeldet. Nicht zu erwarten, wie Frau Gutöhrlein betonen musste.

Klein-Ise kommt auch nicht.

Was sollte sie also, diese ganze Uhr voller Stunden, die man zu überleben hatte, einfach zu überleben?

Es war bereits das Mittagessen, um das sich Lehrer Ziesels Hühner balgten, als Frau Gutöhrlein in ängstlicher Höflichkeit die allerheiligste Messkammer zu betreten wagte, und ob der Herr Doktor gar nicht zum Essen kommen wolle?

Er wollte nicht, und ging gehorsam mit ihr hinunter, stapfte über die steile Holztreppe und lobte in der Küche die Maultaschen, die sie ihm zeigte, ein württembergisch-badisches Hochgericht seiner Putzfrau, dazu bestimmt, über den Magen die Seele zu treffen.

Wie im Halbschlaf hatte er Ordnung geschaffen, hatte den Dienstag zu den Akten gelegt, die Windstärke des Mittwochs als nicht existent registriert und für den kursgängigen Donnerstag die Isobarenkarte geblättert. Er hatte noch einen Boskop gegessen und in wehmütiger Erinnerung beide Apfelstrünke auf Lehrer Ziesels Hühnerhaus geworfen. Ohne zu treffen.

Das traf ihn sehr.

Sonst war nichts geschehen. Gegen zwölf legte er rasch Rapunzels Kleider hinter die Pitosche Stauröhre und schämte sich.

Frau Gutöhrlein hatte im sonnigen Wohnzimmer gedeckt, mit Schneeglöckchen in der Vase und einem leichten Rosé aus dem Konsumgeschäft, die Flasche so um einsachtzig herum, ja nicht zu stark! Nur zum Herunterspülen.

Die Maultaschen, ein Gemisch aus Petersilie, Fleisch, Mehl und Fingerspitzengefühl, hatten beim Kochen im Salzwasser tatsächlich gehalten.

Darauf komme es an, sie dürften um Gottes willen nicht auseinander fallen oder gar schmieren, erklärte Frau Gutöhrlein mit Eifer. Man könne dem Eiweiß auf dem Teigrand ruhig noch etwas Klebriges hinzufügen, eine Messerspitze Stärke etwa, oder vielleicht sogar einen ganzen Teelöffel –

Nun ja, sie sage ja gar nichts, aufs Halten komme es an, wolle sie nur sagen. Damit die Taschen kein Wasser zögen, und ob es denn schmecke?

Guter Wambach, welche Not! Natürlich schmecken Maultaschen, das weiß selbst der Herausgeber, alles, was man in Pforzheim kocht, schmeckt und hat Kultur, aber was sollte der Nonsens?

Ise kam nicht. Ise war nicht zu erwarten.

Herr Doktor Wambach stand auf und sagte: »Vielen Dank, Frau Gutöhrlein, ein prachtvolles Essen.« Frau Gutöhrlein folgte ihm in den Korridor. Sie fühlte eine Träne auf der Haut und tupfte sie mit der Schürzenecke. Dann half sie dem Herrn in den Mantel, gab den Schlüsselbund, die Handschuhe und den Stock und brachte es fertig, zu schweigen. Hut ab vor meiner Putzfrau, dachte Herr Doktor Wambach und tat es innerlich – in würdiger Distanz.

Er humpelte zum Nordfriedhof und setzte sich auf die Sandsteinbank vor Odettes schmalem Reihengrab. Er zog die Pfeife aus der Tasche, stopfte sie langsam und rauchte seinen Gedanken nach.

Es schiene uns sentimental, mitzurauchen, die Träne von Frau Gutöhrlein genügt für heute. Zwar wünschte der gütige Verleger eine direkte Ansprache der weiblichen Leserpsyche, doch gab er sich endlich zufrieden mit der noblen Erwähnung einer Sandsteinbank am Nordfriedhof.

Längst hockten Lehrer Ziesels Hühner auf der Schlafstange und träumten von Regenwürmern, als der Alte nach Hause kam.

Er humpelte kaum, man könnte sagen: er schritt. Er fühlte sich frei in der Gewissheit, allein zu sein.

Im Wohnzimmer brannte Feuer, wie lieb von Frau Gutöhrlein! Herr Doktor Wambach ging in die Küche und aß Spiegeleier mit Speck und Selleriesalat. Alles war angenehm. Er spülte den Mund mit einem Schlückchen Rosé aus dem Konsumgeschäft, dann ging er in die Besenkammer, holte den blauen Wolllappen und trug die Staffelei in das warme Zimmer, streifte die Zipfelmütze über die Künstlermähne, stellte den rheinischen Sinnspruch aufs Bord, klemmte ihn fest und grundierte das Sperrholz mit Kreide und Firnis aus der Löwendrogerie am Alexanderplatz.

Nach dem dritten Flecken auf seinem grauen Jackett ging er ins Schlafzimmer, holte den Arztkittel aus dem Schrank und schloss ihn, vorne, mit dem

Gürtel, denn die Knopflöcher lagen im Rücken. Dorthin fanden die gichtigen Finger nicht mehr.

Ein Arztkittel – dieses blendende Requisit erhabener Filmplakate sollte den Leser nicht irritieren! Es waren kaum noch weiße Flecken zwischen den Farbtupfen des Berufsgewandes. Längst war es Wambachs Malerschürze geworden, ein verschmiertes Tuch mit behaglich klaffenden Seitentaschen und einem letzten Knopf, ehrenhalber, im Rücken, den die Gicht nicht erreichte.

Er holte aus der Kaffeebüchse ein Fläschchen Mastix, er wollte den Ölgrund hart und glasig haben, um dem Werk eine dauerhafte historische Chance zu bieten.

Er nagte die Pfeife links, aber selten, und stand vor der Arbeit. Da plötzlich!

Der Geruch von Farbe und Tabak brachte ihn auf den kühnsten Gedanken dieses Tages: er schritt, ohne Stock, in den Keller und wählte bei Kerzenlicht die letzte Flasche, Kaltenbronner Abtsblut – Jahrgang 49, Spätlese.

O Wunder.

Der leere Tag schenkte ihm einen Abend reicher Harmonie, er entließ aus seiner Stunden-Überfülle den ersehnten Frieden, ein beglückend leichtes Lebensdämmern.

Märchennacht. Zärtlich überflutet sie seine welke Hand, die sie andächtig aufnimmt aus dem staubigen Römerkelch, mit ruhigen Zügen, eine bedachte Empfängnis.

Aus der Ecke flackert die Wärme. Um die Lampe am Schreibtisch liegt eine blaue Gedankenwolke des gütigen Tabaks –

Wambach, deine Zipfelmütze, hängt sie nicht schief? Zwinkert der Zipfel?

Er hängt korrekt. Es ist dein altes Herz, das zwinkert, es erfüllt uns mit Sorge.

Er sitzt am Ofen, nahe der Staffelei. Vor einer Wunderflasche sitzt er, und dem staubigen Römer, gebeugt über den gelben Rezeptblock, er sieht die Märzsonne auf den grauen Marktständen der Place Monge.

Rapunzel, endlich im Karierten, kauft eben Karotten, die ersten im Jahr, so wünscht es Madame. Sie schlendert durch die schreienden Händler der Rue Mouffetard, feilscht mit den Frauen, schäkert mit Männern und freut sich –

»Vorsicht, Hubert! Freut sie sich wirklich?«

Der Dichter wird unruhig: Rapunzel führt einen Haushalt en miniature, Paris V^e^ – so etwas soll man überschlafen können!

Er sieht die rußige Küche, eine fettverschmierte Kupferpfanne mit siedendem Olivenöl. Ob sie es weiß? Ob sie es von Ise gelernt hat: erst trockenreiben, die Pommes frites, dann ins kochende Öl?

Salz aber später! Überher. Inzwischen gafft man nicht aus dem Küchenfenster, hübsche Burschen, viele Algerier, doch alle arm, familienhörig und noch Studenten. Sie kommen aus der Rue Tournefort und essen in der Mensa am Fließband, sans service. Nun aber, meine Beste, wäre die Pâté de Caulaincourt zu schneiden. Nur feine, zarte Scheiben, gar nicht so einfach, mit Trüffeln!

Der Beaujolais ist zu kalt. Camembert wird ohne Gabel serviert, Monsieur Rénard wird ihn mit dem Messer spießen, chevaleresk, ohne das Metall zu berühren, tja Rapoun Celle, allerhand wäre zu lernen –

»Odette, wie konnte sie kochen!«

Er legte die Feder mit der Linken in die richtige Lage der Rechten, nahm einen Märchenschluck, schob den harten, kleinen Block zurecht und beugte sich über seine Fantasie:

Sainte Geneviève, wie schmecken Oliven so bitter!
Eigentlich nach nichts. Wirst du lächeln,
maman,
wirst du die Nase rümpfen über dein verlassenes Kind,
wenn es dir gesteht, Olivengeschmack im Herzen zu tragen?
Poetische Bilder sind hier geläufig, der ›Figaro‹ meinte

gestern im Leitartikel: ein Franzose, der nicht bildhaft spreche, sei nicht wert, ins Parlament zu kommen oder eine Angelrute zu halten. Ich schweife ab, und mein Olivenherz ist voller Bitterkeit.

Ich glaube, ich will sterben.

Gérards Gesicht ist nicht zu überleben, du hättest es sehen sollen! Wir trafen uns, hélas, in der Avenue de New York, dort wohnen sie. Und ich hatte in der Sainte-Etienne-du-Mont gebetet, fast zehn Minuten – und auf den Knien! – gebetet, Gérard möge allein kommen. Aber Gottes Wege sind wunderbar, das muss ich schon sagen. Ich schäme mich des Gebetes, denn Professor von Haselberg ist nicht nur Leibarzt, sondern auch väterlicher Freund der Familie. Er liebt Gérard sehr.

Gérard ist zart, nie darf er allein ausfahren, ich bin egoistisch gewesen, nie allein, schon gar nicht jetzt, kurz nach der Kur in St. Blasien.

Zu dritt also, leider, es war schlimm. Am besten fange ich beim Abschied an und übergehe die öde Fahrt im Bois. Professor von Haselberg küsste mir zum Abschied die Fingerspitzen, aber welch ein Kuss! Eiscreme auf meiner Rosenhaut [verzeih das poetische Bild, Mutti, ich las es im ›Figaro‹]. Eiscreme – und mit Zitrone!!

»Mademoiselle haben noch immer kein Gepäck und keine Zuwendungen erhalten?«

Wie er die Worte setzte! Damaszenerklingen in mein Olivenherz [gut, was?].

Gérard stand am Wagen, hilflos, beschämt. Er bemühte sich, ein arrogantes Gesicht gegen mich zu machen; sicher hat man es ihm befohlen – aber echter Schmerz war in seinen Augen.
O die Augen. Immer werde ich Gérard lieben.
Jetzt weine ich wieder und lege die Kartoffeln ins Öl. Moment.

Sie schwimmen herrlich, es riecht gut in der winzigen Küche. Sie haben mich abgeschrieben: von Haselberg, die Fürstin und auch wohl Gérard, obwohl er leidet. Aber er ist jung. Mein Kariertes hast du völlig zerrissen geschickt; ich hatte kein Garn im Hotel, um welches zu bitten, war mir zu peinlich. Im George V! Um Garn!!
Der Saum war zerfranst, das Gurtband fehlt auch. Warum hast du den Velour nicht geschickt? Was soll ich mit Großmamas Garderobe? Der gute Wambach, er wird wohl schon trottelig? Sagt ›Velour‹ und meint Hüte. Der lebt noch 1912. Wie altmodisch er doch ist, obwohl – hast du seine Krawatten gesehen? Das kommt, weil er malt und warmes Blut hat. Verrückter Kerl.
Kein Hütchen also. Meine Handtasche ist schäbig. Oh, sie haben mich abgeschrieben. Die Sittenpolizei war im Hotel und wollte mich sprechen, der Liftboy hat es mir zugeflüstert. [Den könnte ich haben, aber er ist nicht halb so hübsch wie Gérard und hat rote Hände.]
Um es kurz zu machen, das Papier zerfließt mir sonst

unter meiner Trauer [Figaro, hübsch, wie?], um es ganz kurz zu machen: man hält mich für eine Person!!!
Haselberg will seinen Liebling vor mir bewahren, das spüre ich. Der Idiot.
Rasch den Salat – un instant …

Wieder schrecklich geheult. Ob ich zu viel Zwiebel nahm? Doch weiter: im Hotel nannte man mein Gepäck: délicieux – Isemutter, wie hast du mich verkommen lassen!
Dabei, ich muss das zugeben, hat Haselberg ein gutes Gesicht, er war lange Krankenträger oder Arzt in Buenos Aires, er kennt Fips und Pips und ist sicher rasend gescheit.
Übrigens: er sieht Gérard verblüffend ähnlich. Mensch, Mutti: ob er was mit der Fürstin?! Das wäre möglich. In Frankreich ist alles möglich.
Nur nach mir fragt die Sittenpolizei!
Meine neue Adresse ist: 8, rue Descartes, Paris V^e^. Bei Rénard. Descartes war ein berühmter General, sie schwärmen hier alle fürs Militär, aber keiner möchte hin. Übrigens, fällt mir ein, General Descartes sei gar nicht so gewesen, eher ein Philosoph, und habe Luftfeuchtigkeit gemessen. Er ist noch berühmter als Wambach. Dort, in seiner Straße wohne ich.
Erinnerst du dich an Gaston? Vom Speisewagen? Er servierte den Pernod – und ich vertrage doch so wenig. Wir

schwätzten lange. Er merkte, dass ich Gérard im Zug Augen machte. Und – o drôle de gentil'homme, er liebt mich. Oui, maman, er hat es mir gestanden. Und wegen Gérard, was sagte er mir?
»Madame«, hat er gesagt, »es gereicht mir zur Ehre, dass auch andere Herren Sie ästimieren.« [Ist er nicht süß poetisch, wie ein Figaro?]
Er sprach von Paris, wie gefährlich es dort sei, nun, er merkte wohl, wie ärmlich meine Aussteuer ist. Kurz vor der Gare de l'Est gab er mir seine Karte und flüsterte: »Madame, mein Bett steht Ihnen immer zur Verfügung!« Er sagte es so charmant, dass ich ihm nur eine winzige Ohrfeige geben musste.
Übrigens: sein Bett ist fast immer frei, Gaston fährt Speisewagen. Rénards, seine Eltern, nahmen mich auf – ohne ein Wort, ohne eine Spur von Zurückhaltung. Monsieur Rénard hat schon viel von Doktor Wambach gehört und liebt die deutsche Wissenschaft, vor allem Münchner Bier.
Heute Abend wollen Rénards zurück sein. Yvonne, ihre Älteste, hat eben ein Baby bekommen, ich brachte die Eltern zur Place Monge, sie fuhren mit der Métro nach Ivry, und ich mache das Essen. Sie sind sehr empfindlich und halten nicht viel vom einfachen Leben. Wenn ich nur sicher wäre, wie man den Salat anmacht. Salade chinoise, presque ouverte, weißt du?
Nicht mal ein Kochbuch hat Madame …

Eine ganze Stunde später, in Eile. In letzter Eile.
A Dieu, Maman Muttilein! Ich überlebe es nicht. Das überlebe ich nicht.
Unser ganzes Essen ist verdorben. Die Pommes frites verbrannt, der Salat schmeckt nach Spülwasser, und die Pâté-Scheiben sind mir zweimal gebrochen.
Es ist lächerlich, ich weiß – aber es hätte mir nicht noch passieren dürfen, das nicht. Das schon gar nicht!
Gérard und die verbrannten Kartoffeln, das ist zu viel, zu viel ist das. Tirons les conséquences.
Behalte mich lieb.
Au revoir im Himmel, falls die mich aufnehmen.

Punzel

Obs wehtut?!

Freitag

Der letzte Freitag des Doktor Wambach

Erstaunlich munter, ja frisch wie ein Sportler der Altmännerliga springt unser Obervertrauensarzt aus dem Bett, gönnt seinem Wecker keinen Blick und humpelt, nein er marschiert – und mit nackten Sohlen – ins Badezimmer.

Er hat wieder nicht geläutet, der Kerl, sein Zeitinstinkt war mit harter Faust niedergedrückt worden, lange schon, ehe er rasseln durfte.

Im Badezimmer schäumt die Rasiercreme und plätschert die Dusche.

Ein lautes, heiseres Lied schwankt um den Kammerton a.

Seien wir nachsichtig: Auch ein routinierter Arzt ist nicht in der Lage, jeden Todesfall seiner Praxis mit gebührender Haltung zu tragen. Sein Leben gehört nicht dem Tod. Den überlässt er der Pathologie und der Friedhofsverwaltung, man sollte Medizinern gerecht werden.

So Herrn Obervertrauensarzt Doktor Wambach. Er strahlt, ja er singt wieder, heiser und falsch. Ohne Zweifel hat ihn Rapunzels Tod eminent gestärkt, dem Leben geschenkt, einem tätigen Freitag, dem letzten zwar, wie wir wissen, und Fisch soll es auch noch geben! Aber geschenkt.

Wambachs große Zehe klopft den Takt zum falschen Lied, er leidet nicht unter der Kälte des gekachelten Bodens. Da ist sicher noch was im Künstlerblut, vom Abtsblut Jahrgang 49, und schafft Wärme.

»Auf alte Haut muss große Seife« – Wambachs Waschparole ist uns vertraut, sie erlaubt eine Exkursion über Raum und Zeit, es geschieht doch nichts Besonderes inzwischen, ein bisschen singen wird er noch, der Alte. Dann aber, wenn es gilt, die beste Krawatte eines guten Tages auszuwählen, wird er ruhig werden, mit dem Kopf wackeln und die gelbe nehmen.

Der Makler tobt. Er läuft durch das Wohnzimmer, Nussbaum geflammt, und fuchtelt mit den Armen. Frau Kopperschmidt sitzt auf dem Sofa und schließt die Augen. Denn er schreit, der Gute, er brüllt entschieden! Den Holzkuckuck aus Triberg im Schwarzwald, der eben seine Stunde aus dem Fensterladen krähen wollte, hat er phonetisch glatt überfahren, es hätte uns nicht gewundert, wenn der müde Vogel resigniert die Klappe gehalten oder hinter sich zugezogen hätte.

So laut brüllte der Makler.

Dass Klein-Ise weinte, ist begreiflich und hiermit notiert.

Frau Kopperschmidt dachte nicht daran, zu weinen. Es muss vor tausend Jahren gewesen sein, dass sie – in den Augen Herrn Hillenbrandts eine Pute – als frisches Mädchen mit einem schüchternen Gemahl zum Traualtar gegangen war, zwischen holden Jungfrauen, blumenstreuenden Gästen, unter ›Da kommt die Braut‹ des Kirchenchors und dem Lächeln der klerikalen Betriebsamkeit.

Vor tausend Jahren, dachte sie und schwieg.

Seither brüllte ihr Mann. Die Angst vor dem Ehebett war vorüber, und er brüllte, auch jetzt, da Kopperschmidts, wie jedermann weiß, ihr Zweites erwarten.

»Deine Schwester, das kannst du mir abkaufen, Gretel, selbst deine Schwester und ihr Hampelmann, dieser – dieser Alphonse, Himmelsakrament, schau nicht so leidend, ich weiß! Feine Menschen sind die Petrys, ganz feine. Täubchen sind das, die haben Kultur und Servietten am Arsch, 'schuldigung, aber das sage ich dir! Schluss jetzt, würden die sagen, das

Kind muss rein ins rechte Leben und erst mal Prügel drauf.«

Frau Kopperschmidt sah auf ihre Fingernägel.

Doktor Wambachs Briefe waren entdeckt!

Ise, das harmlose Kind, hielt ihr Kopfkissen für ein Banksafe, der Makler hatte per Zufall alles gefunden, die Werberezeptformulare der Firma Knoerringen/Sohn, ihren frivolen Unsinn, den sentimentalen Kitsch, das jugendgefährdende Schrifttum.

Alles wurde entdeckt und gefunden:

Rapunzel die Puppe, das heißt: die eben nicht! Ihr verheimlichter Verlust vielmehr, der Fall Schilleranlage. Das Karierte wiederum nicht, auch nicht das Velourkleid der Frau Kopperschmidt, Glanz der Freitagmiete im Stadttheater, mit großem Ausschnitt, aber unten zweimal falsch besetzt. Das war besonders peinlich. Es liegt, wie wir hörten, in der Messkammer hinter der Pitoschen Stauröhre. Alles mit Gebrüll entdeckt:

Louises Ungehorsam und Lüge, Frau Gutöhrleins Zubringerdienste, auch die geheim gehaltene Redewendung des Herrn Hillenbrandt, Pute betreffend.

»Den Vogel werde ich fordern!!« –

Alles und eben alles, wie der Makler brüllte. Alles sei un-er-hört und hänge ihm zum Halse heraus.

Wörtlich genommen war es lediglich seine Zunge. Mit sicherem Instinkt brachte sie Frau Kopperschmidt endlich zur Ruhe. Als verheiratete Frau verwandte sie ein biederes Druckmittel, das schon im alten Ägypten geholfen hatte:

Sie schickte ihr heulendes Kind zum Spielen und versagte dem verdutzten Mann ihr Ehebett, und ab sofort.

Weil er so brülle.

Das wirkte. In Ruhe besprachen die beiden, was zu tun sei. Ihr Gespräch endete mit einem Telefonanruf zur Ärztekammer, ob Mitglied Wambach, Diskretion Ehrensache, unter solchen Umständen noch normal sei.

Herr Doktor Bader, seit vierundzwanzig Jahren Vorsitzender der Kammer, betonte mit leiser Stimme, Kollege Wambach sei ihm schon dreißig Jahre bekannt und gelte als der fähigste Arzt der Stadt. Selbstverständlich werde man den Anschuldigungen des Herrn Kofferschmied nachkommen und sie ernstlich prüfen.

»Aber, ich bitte Sie! Das ist ja unsere Pflicht.«

Dann räusperte sich Herr Doktor Bader und gab zu verstehen, er sei leider sehr in Zeitnot.

»Auf Wieder-Hören«, sagte er eisig, er hatte keine Lust, einen fachsimpelnden Laien zu sehen, oder gar Wieder-Zusehen. Er notierte für Sonntag: »Mit W. über Anruf Kofferschmied sprechen.« Er fand schon eine Notiz in diesem Häuschen: »Für W. die Wildsche Windmesstafel, und Lektüre dazu.«

Dann ging er frühstücken.

Er gehörte zu den Kollegen, die über Kollegen erst einmal Gutes äußern.

Es tut dem Herausgeber leid, seinen baldigen Tod ankündigen zu müssen – solche Ärzte sterben aus. Man beschloss bei Kopperschmidts, Louise vor dem unheimlichen Mann streng zu bewahren und die Rückgabe der Kleider vom Ausgang der Ehrengerichtsverhandlung in der Ärztekammer abhängig zu machen, die ja schon in den nächsten Tagen zu erwarten war. Das kostbare Velourkleid war derzeit nicht nötig. Man trug, aus Gründen, keine eng anliegenden Stücke.

Dann gab Frau Kopperschmidt die Aufhebung des Bettverbotes bekannt. Ihr Gatte eilte ins Büro, um eine minderwertige Zweizimmerwohnung als »gut geschnittene« im Samstagblatt zu inserieren. So etwas konnte Psychologe Hillenbrandt nicht ahnen – dass eine Frau Kopperschmidt stärker würde als ihr brüllender Gatte.

Insofern und überhaupt war sie keine Pute. Hut ab auch vor ihr und ihrer tapferen Lebenskomik.

Inzwischen hatte Herr Obervertrauensarzt Doktor Wambach drei Spiegeleier gefrühstückt, und zwar mit Speck.

Er stand in der heiligen Messkammer oben,

rauchte ein wenig aus der linken Seite und schaute aus dem Fenster. Er hatte die Luftfeuchtigkeit eingetragen und in den Isobaren geblättert. Aber – was wollen wir sagen?

Die Naturwissenschaftler unter den Lesern muss es kränken zu erfahren, dass unser Held heute weit über die wissenschaftliche Empirie hinausgriff: er trug die Luftfeuchtigkeit vom kommenden Samstag und Sonntag ins Register, mir nichts dir nichts gleich mit, als sei es – seit Einstein – nicht bekannt, dass uns schon morgen die Luft ausgehen kann.

Er humpelte die steile Holztreppe hinunter, legte das Manuskript über die ›doppelte Verantwortung‹ auf den Schreibtisch, setzte sich zurecht und grübelte für den kommenden Sonntag.

Er unterstrich, dieses Mal in roter Farbe, den Satz. »... sage bewusst: eine Last. Denn Arzt auf Vertrauen zu sein, hieß mir in erster Linie die menschliche der rein fachlichen ...«

Das half gar nichts. Herr Doktor Wambach spielte mit der großen Zehe in seinem Pantoffel, drehte den Zweiglaszwicker in der Hand und ließ den Tintenlöscher über seine Hand rollen.

Das Manuskript tat nichts. Es war ein faules Manuskript.

Herr Doktor Wambach seufzte theatralisch, um seine Dummheit zu rechtfertigen. Er stand auf, notierte auf einem Werberezeptblatt der Firma Knoerringen/Sohn für Frau Gutöhrlein, er sei nicht nur schon auf, sondern auch weg.

Er holte den Hut, den Stock und die Handschuhe, merkte, dass er noch Pantoffeln trug, holte die Schuhe und humpelte aus dem Haus in Richtung Nordfriedhof.

Ärztemuster waren nur vier im Kasten. Er steckte sie in seine Manteltasche.

Auf der Straße sah er nach der Wolkenuntergrenze. Sie war nicht vorhanden. Er dachte an die Märzsonne in Paris und Aßmannshausen, er dachte an die breite Paradetreppe zum Sacré-Cœur, auf der, soeben, die Leiche Mademoiselle Rapoun Celles von frh aufgestandenen Mitgliedern einer Cook's-Reisegesellschaft gefunden wird.

Dann pfiff er lustig vor sich hin und schwang den Stock.

Seit der Untertertia war ihm bekannt, dass die kürzeste Verbindung zweier Punkte die Gerade darstelle. Dennoch finden wir Wambach auf einer Bank der Schilleranlage – und schon ist es passiert:

Klein-Ise sprang mit einem Jubelschrei ihrem Freund entgegen, fragte ungestüm nach Rapunzel, ob die Kleider in Paris seien, warum er keinen Lederapfel bringe, warum sie nicht mehr kommen dürfe.

Dann, leider auch: ob die kleinen Ziesels im Garten seien, und was die dummen Hühner machen?

»Wo sind die Briefe? Andere Briefe und ganz neue?!«

Der Alte kam in Not. Rasch führte er sie zur Fasanerie, am Ende der Schilleranlage. Dort stand ein Kiosk. Ise durfte wählen. Sie nahm drei Nappos, zehn Eiswaffeln mit Nuss und eine Rolle Marzipan. Was zum Trinken wäre auch fein!

Sie setzten sich auf eine stille Bank; Wambach schaute ängstlich nach Leuten mit Schirm und gab ihr zögernd die Mittwochspost, auch den letzten Brief vom Donnerstag.

Welche Ausdrucksschwierigkeiten!

Fernsprech-Auftragsdienst, wieso denn und was überhaupt? Auftrag, was?

»Was wird denn raufgetragen mit dem Telefon? Ist Rapunzel beim Telefon?«

So schwatzte Ise aufgeregt, verschmierte ihre Lippen mit Marzipan und hielt dem Doktor in geistiger Trance das Silberpapier unter die Nase. Er nahm es ruhig, steckte es in seine Manteltasche – und fand dort die glänzenden Ärztemuster. Sie verschafften ihm Ruhe, für den Augenblick.

Ise rätselte an den bunten Kästchen herum, wie sie wohl zu öffnen seien, der Wambach ließ sich Zeit. »Drücken, das eine, zur Seite drücken! Das da wird geschoben.«

»Siehst du? Den Riegel schieben, mit dem Daumen. Da sind sie schon.«

Ise fand die Perlen und Dragées allerliebst. Sie streute sie bedächtig in den Sand zu ihren Füßen, ließ sie zählen, mischte sie ineinander, Heuschnupfen und ovarielle Insuffizienz, sie sahen lustig aus. Wambach schwärmte für Ärztemuster. Er ließ die Kleine spielen, er fühlte sich unsicher. Er präparierte sich für eine Rede auf Rapunzels Zechprellerei und Selbstmord. Übrigens wird ihre Leiche in dieser Minute durch Miss Henderson fotografiert und versorgt, aber das kann Wambach noch nicht wissen. Erst abends, am Schreibtisch, will er sich der Toten widmen.

Herr Obervertrauensarzt Doktor Wambach machte ein ernstes Gesicht, erhob sich und verkündete streng wie es das Lexikon unter ›P‹ befahl, Rapunzel sei gestorben.

Selbstmord in der Fremde. Aus Verzweiflung.

»Kochen kann sie auch nicht, und der Saum war zerrissen! So.«

Zehn Minuten später schlenderte der Doktor durch die Schrebergärten zum Nordfriedhof, lebhaft mit dem Stock gestikulierend und P-ädagogik mit Hoffnung düngend.

Klein-Ise trippelte neben ihm her, drei Schrittchen

gegen einen Schritt, an der rechten Hand den Lederhandschuh ihres Freundes, den sie im Eifer ausgezogen hatte, in der Linken das Cellophanpapier und noch ein Würstchen, aber ohne Senf. Den hatte sie gleich beim Metzger weggeschleckt.

Was war dem Alten übrig geblieben? Erst so moralisch werden, dass Ise weinte wie ein Brunnen, dann zum Fleischer stürzen, um alles wieder gutzumachen, er hasste das Lexikon. Es taugte gar nichts.

Gérard, der Prinz, im Übrigen, hatte Ise wenig gerührt, auch die holde Liebe nicht – sie wollte heiße Wurst. Ja, auch Marzipan!

Schmunzelnd, dann wieder ernst und würdevoll, auf Kommando aber mit den Ohren wackelnd, schwätzte der Doktor allerlei, auch von Odette, der toten Tante, und benahm sich in seiner Freude so, wie Makler Kopperschmidt am Telefon geäußert hatte – nicht ganz normal. »Mal sehn, mal sehn«, brummte er geheimnisvoll, »ob was zu retten ist mit der Rapunzel.«

Professor von Haselberg, o ja, den kenne er gut. Mal sehn, mal sehn.

Jedenfalls solle sie, Ise, die beiden Briefe hier zu den andern legen und, vorläufig, niemandem etwas sagen. Sonst müsse die Polizei auch in Deutschland nach Rapunzel suchen.

Ise Kopperschmidt ist erst fünfeinhalb Jahre alt,

doch hatte sie eingesehen und es indirekt vom brüllenden Vater gelernt, dass man lügen muss im Leben, um Gutes zu tun.

So blieb es still im Augenblick. Sie schweigt ein bisschen um die Sache herum, wie man ihr einmal doziert hatte, ist es nicht so? Sie schweigt über den Raub ihrer Briefe und redet vom Wetter.

So humpeln und hüpfen sie unter Gelächter, Ohrenwackeln und philosophischen Gedanken hinaus zum Nordfriedhof.

Auf halber Höhe des Panoramaweges stockte Wambach, nahm den Stock aus Ises Hand und drehte seine Blechspitze in die Grasnarbe des Feldweges. Er wurde ernst, er kniff die Augen zusammen und sagte mit einer Stimme, die Ise erstarren ließ:

»Du rührst dich nicht von der Stelle, mein Kind! Nicht von der Stelle!«

Dann ging er langsam auf eine Horde junger Bengels zu, die am Wegrain um ein Feuer lagerten, wilde, unverständliche Reden hielten, mitragleiche Papiertüten trugen und sackleinerne Kutten aus Vaters Schrebergarten.

Offensichtlich unternahmen sie etwas Schauriges, Quälendes, das fiel dem Wambach auf.

Die Jungen wurden unsicher, als ein Mann mit Stock so ernst auf sie zuschritt. Sie steigerten ihr

Gegröle und geheimnisvolles Gebaren in verlegener Provokation, sie schrien ihm entgegen, sie drohten verkrampft mit ihren schmutzigen Fäusten, aber schon sahen sie nach einer Fluchtmöglichkeit über den Zaun. Als sie merkten, dass der Mann da humpelte, wurden sie mutig.

»Der Groß-Inquisitor sei willkommen«, krähte Franz Weber, ein dreizehnjähriger Jungmann, der Stärkste unter ihnen, mit Stupsnase und einem intelligenten Stromergesicht.

Wambach schaute ihn an, Wambach starrte in die gescheiten Augen, Wambach saß im zweiten Parkett, Kriminalfilm, aber jetzt war er drin! Der Junge da, wo kam der Junge her, wo war das schon gewesen? Er fühlte kalten Schweiß in seiner Handfläche. Langsam ging er auf die Gruppe zu. Er drehte sich rasch zurück und sah Ise ängstlich auf dem befohlenen Platz stehen.

»Was macht ihr da?!«

Er hätte es nicht fragen müssen. Vor ihm teilte sich die Meute, er humpelte gegen den Holzstoß über dem kleinen Feuer und dann –

Sein Gebaren kam unerwartet, so schmerzlich echt und wiederum unwirklich, dass die Jungen ihr aufreizendes Lachen abbrachen und erst schüchtern, dann aber entsetzt zurückwichen.

Doktor Wambach warf seinen Stock auf den Boden, griff mit der ledergeschützten Rechten in die Flammen und holte das Objekt des okkulten Festes, das Opfer kindlicher Grausamkeit aus der Glut.

Er brüllte, seine Stimme schlug um und wurde heiser vor Erregung. Er packte Franz, den Anführer, am Schlips, fegte ihm mit der Linken die Mitra vom Kopf und schrie mit halberstickter Stimme:

»Du kleines Schwein! Das tust du? Sowas tust du? Was denkst du dir denn, wie? Was denkt ihr euch alle? Hat sie kein Leben? Seid ihr noch Menschen? Rapunzel! Seht doch, sie leidet. Sie brennt, oh, es tut weh.«

Er stieß den überrumpelten Franz satzweise vor und zurück, der wehrte sich nicht und schwankte mit schlaffen Armen am ärztlichen Handschuh. Die Meute blieb still, beschämt und verstand kein Wort. Plötzlich ließ er den Jungen los, beugte sich zu der Puppe auf dem Boden, erdrückte die Flamme an ihrem Kleid mit dem Lederhandschuh und steckte sie endlich, zum Entsetzen des gemaßregelten Volkes, in seine Jackentasche. Sofort qualmte Herr Obervertrauensarzt Doktor Wambach aus der linken Seite, einige Bengels versuchten zu lachen, aber da traf sie ein Blick des Alten.

»Dort ist ja Louise! Seht doch, Louise! Die Puppenmutter«, schrie ein kleiner Kuttenträger.

»Die Hexenmutter! Komm her«, brüllte Franz

Weber und wurde trotzig, »sieh dir an, was wir geschmort haben.«

Alle lachten wiehernd und freuten sich auf Ises Geheul. Sie hatten nicht damit gerechnet, wie jung ein Dreiundachtziger noch werden kann.

Herr Doktor Wambach packte Franz Weber zum zweiten Mal an der Kehle. Er drückte ihm mit der freien Faust das Kinn nach hinten. Der Junge stöhnte. Wambach schrie mit krächzender Stimme:

»Ise, du bleibst stehn!«

Dann zischte er dem Gefangenen ins Ohr:

»Wenn du ihr etwas sagst, wenn ihr euch muckst, auch nur muckst, im Augenblick, schlage ich – weißt du was? Schlage ich dich tot. Du wirst lachen, tot schlage ich dich, Bürschchen. Siehst du? So etwa.«

Er deutet durch einen Kinndruck an, wie einfach es sei, Dreizehnjährige unter die Erde zu bringen. Solche Überzeugungskraft wirkt immer. Die Bengels wurden stumm. Sie standen um den zerstörten Scheiterhaufen, setzten die Papiermützen ab, einer nach dem andern, zogen die Kutten aus und sahen ängstlich auf den verrückten Mann, der noch aus der Jacke qualmte, der auf Louise zuschritt, sie an der Hand nahm und zurückführte. Hinunter zur Schilleranlage.

Dann endlich sagte Franz Weber, aber er sagte es leise: »Klar! Der hat sie nicht alle.«

Doktor Wambach bat Ise, ein paar Minuten den

Mund zu halten. Es war ihm nicht wohl in seiner Haut. Wie ein Totschläger benommen! – er, der über zehn Jahre geschwankt hatte, ob es zweckmäßig sei, dem Pazifistischen Weltbund e.V. beizutreten.

Er verabschiedete sich von Ise:

»Sie haben etwas verbrannt, mein Kind. Sie sind grausam. Alle Kinder sind grausam. Geh schön nach Hause, geh jetzt.«

Er fuhr ihr gedankenlos über die strohigen Haare und humpelte zur Haltestelle der Linie Drei.

Gut, dass es was zu fahren gab.

Wegen der blühenden Kätzchen im Garten hatte Frau Gutöhrlein auf christliche Fischkost verzichtet. Der Doktor schwärmte nicht sonderlich für Kaltblütler. Das wusste sie zu respektieren und hatte ein nahrhaftes Eintopfgericht gewählt, ›Kartoffelschnitz und Spätzle‹, ein württembergisch-badisches Kulturgut, vorteilhaft abzurunden durch Apfelstrudel mit Sahne und Kaffee.

Sie aßen in der Küche. Frau Gutöhrlein hatte alle Stühle vom Wohnzimmer auf den Balkon geschleppt, um sie auszubürsten, auch einen hellgrauen Sessel, einen gewissen.

»Sie verpesten mir die herrliche Luft«, brummte der Doktor, aber so etwas überhört eine klassenbewusste Putzfrau.

»Schmecken sie nicht wunderbar?« fragte sie ihren mürrischen Brotherrn und sah ihm drohend auf den Teller.

Wambach nickte schweigend. Die Hexenverbrennung hatte ihm zugesetzt. Er war sehr in Gedanken. Auch der Obusschaffner war erst nach dem dritten: »Ohne Fahrschein bitte?!« zu seinem Geld gekommen.

Das fehlte noch. Genau das war zu viel. Wo blieb sein Programm? Eine wirkliche Rapunzel aus Stroh in der Asche des Inquisitionsfeuers – wo er schon darüber grübelte, wie er heute Abend am Schreibtisch ihre poetische Leiche verarbeiten könne.

»Ich werde verrückt«, murmelte Herr Doktor Wambach, was Frau Gutöhrlein auf ihr hartnäckiges Fragen bezog, und ob sie auch geraten seien, ›Kartoffelschnitz und Spätzle‹. Mit vier Löffel Butter abgeschmelzt und allerliebst sämig gemacht.

Heilloses Durcheinander.

Endlich erzählte der Mann die schreckliche Geschichte, das heißt, seine Putzfrau musste ihm die Brocken einzeln aus dem Mund holen – ein unschönes Bild, besonders beim Mittagessen.

»Der Franz Weber also, sieh mal an«, rief sie und haute mit der Faust auf den Küchentisch.

So heiße der Bursche. Nur der konnte es gewesen sein. Dafür gehe sie durchs Feuer.

»Vorsicht mit Feuer«, murmelte Herr Doktor Wambach.

»Wie?«, fragte Frau Gutöhrlein, aber der Alte winkte ab.

Um der Bequemlichkeit willen, aber voreilig, hatte der Herausgeber den Burschen ›Franz Weber‹ getauft. Gottlob, Frau Gutöhrlein ergreift das Wort, es wäre gelacht, wenn sie uns nicht weiterhelfen könnte:

»Der da?!«, rief sie entrüstet und rührte im Kaffee, »ein Strolch wie im Kino. Der zweite Junge von Webers, Firma Weber & Baral, nicht weit von hier, Autoreifen en gros. Den kennen Sie nicht, Herr Doktor?«

Er schüttelte den Kopf.

»Der Franz Weber ist bekannt. Wie ein bunter Hund!«

Herr Doktor Wambach hatte noch nie einen bunten Hund gesehen. Das half ihm wenig. Er musste einen zweiten Strudel essen. Frau Gutöhrlein kam in Fahrt:

»Neulich hat mir der Weber-Franz – also ich bücke mich, so, sehen Sie? So bücke ich mich, im Gehen, verstehen Sie? Um eine Geldbörse aufzuheben, ein schönes Portemonnaie, fett vor Geld! Und was meinen Sie, Herr Doktor? Zieht mir der Kerl mit einer Schnur das Ding vor der Nase weg, in ein Kellerfenster. Frech rausgeguckt hat er auch noch!«

Herr Doktor Wambach lachte schallend und verschluckte sich. Gut, dass Mütterchen Ise so etwas nicht sah.

Frau Gutöhrlein war beleidigt:

»Aufs Fundbüro wollte ich gehen, ist doch klar. Zehn Prozent kann immer was nützen.«

»Ach was, Fundbüro«, murmelte der Doktor und blieb unverstanden. Sie schlürften ihren Kaffee und fanden es gemütlich in der Küche.

Plötzlich fuhr Frau Gutöhrlein von ihrem Stuhl auf und schrie: »Es brennt!«

»Wo denn?«, schrie Herr Doktor Wambach.

»Na hier doch, merken Sie nichts? Da stinkt es ja entsetzlich!«

Fatale Sache. Es war das Futter seines grauen Anzuges, was stank.

Frau Gutöhrlein war verzweifelt. Sie ließ den Brotherrn aufstehen, zog ihm die versengte Jacke aus, schimpfte über Gott und die Welt, holte den verschmierten Malerkittel aus der Besenkammer und sagte:

»Den behalten Sie an.«

Dann holte sie den Nähkorb, gab jedem noch eine Tasse Kaffee und warf die halbverkohlte Rapunzel in den Mülleimer.

Herr Doktor Wambach erhob sich, ging hin und holte sie wieder heraus. Er flüsterte gekränkt:

»Frau Gutöhrlein!«

Und trug sie hinüber auf seinen sonnigen Schreibtisch, wo sie weiterstank.

Dann tranken sie Kaffee, Herr Doktor Wambach rauchte.

Der Tag verging, es wurde Abend.

Frau Gutöhrlein hatte alles in Ordnung gebracht, das verbrannte Futter ausgeschnitten, unterlegt die Sache und mit flinken Händen zusammengebastelt: »Frau Bonnet braucht das nicht zu wissen, hören Sie?«

Dann hatte sie Überstunden gemacht, die herrliche Luft verpestet und für den Abend Rollmöpse mit Pellkartoffeln vorbereitet.

»Bier liegt im Kühlschrank, gute Nacht!«, hatte sie gerufen. Herr Doktor Wambach war aufgestanden vom Sessel, was er nie zu tun pflegte, und hatte ihr die Hand gegeben.

Herr Doktor Wambach rauchte, linksseitig und unter heftigem Nagen der Pfeife, dann sah er durchs Fenster und merkte, dass es Nacht geworden war.

»Genau das, Hubert«, dachte er laut, ging in die Besenkammer, warf beim Kerzenlicht die Schuhputzschachtel durcheinander, fand endlich neben den Wäscheklammern das gesuchte Instrumentarium, zog die Schuhe an, nahm den Mantel, den Stock, vergaß die Handschuhe, ging zurück, ließ den

Hut liegen und dachte vor der Tür, ach was!, ging trotzdem zurück und holte den Hut.

Dann schritt er mutig, ein Liedchen pfeifend, in das Dunkel der Schilleranlage.

Dort, im Rasenende, schaute er ängstlich nach Passanten und stieg über ein kleines Emailleschild, durch das Bürger Wambach aufgefordert wurde, seine Anlagen zu schützen.

Das tat er zweifellos. Merkwürdige Anlagen. Er legte das Päckchen neben sich auf den Rasen, zog unter dem Mantel einen Kinderspaten hervor, grub ein kleines Loch und murmelte: »Pietät und Takt.« Er schnaufte schwer und setzte die Erde säuberlich neben die Grube.

»Pass auf, Hubert«, murmelte er, »bald bringen sie dich ins Irrenhaus.«

Vor ihm stieg der Bahndamm empor. Er trug die Schienen nach Aßmannshausen und Paris/Est. Wir vermuten alles.

»Wenn schon, denn schon«, pflegte Frau Gutöhrlein zu sagen, und: »denn schon Schilleranlage«, dachte Beamter Wambach. »Da hat es schließlich angefangen.«

Der Polizist fand zuerst eine Bürgerspur in ungeschützten Anlagen, dann ein blechernes Geräusch, unheimlich genug, dann ein Murmeln, dann einen weißhaarigen Mann, der mit ungeschickten Trippelschritten die Erde über seiner grausigen Tat festtrampelte. O Freitag und peinliche Not.

Da gab es kein Entrinnen. Im Kegellicht einer Taschenlampe exhumierte Stadtrat a. D., Ehrenpräsident und Obervertrauensarzt Doktor Wambach eine verkohlte Strohpuppe vor dem nächtlichen Auge des Gesetzes.

»Ordnung muss sein, mein Herr.«

Bückte sich, holte die frische Leiche, ließ sie untersuchen, die leere Grube ausleuchten, das Stroh abtasten – endlich alles wieder gnädig verscharren. Durfte zuschauen und die Lampe halten, während der Polizist Rapunzel allerletzte Ehren erwies, mit Rohrstiefeln und im Handumdrehen.

Herr Doktor Wambach gab, statt der geforderten Kennkarte, ein leeres Werberezeptblatt der Firma Knoerringen/Sohn und trank dann, verlegener Gastgeber, Doppelbock mit dem Herrn Oberwachtmeister. Man sollte es nicht für möglich halten: Der hieß Hillenbrandt!

Ein Glück für unseren Wambach.

Sicher wäre Rapunzels Leiche aktenkundig geworden und das Gespött der Polizeireviere.

So aber trank man Doppelbock und sprach vom Bruder Oberkellner im Hotel Rheinterrasse.

»Ich sag's ja, Herr Doktor, die Welt ist ein Dorf.«

»Kann man sagen. Prost Herr Hillenbrandt.«

»Nichts für ungut, Herr Doktor.«

»Aber ich bitte Sie. Man muss mich ja für meschugge halten.«

»Ach, Herr Doktor – ein Späßchen versteht auch die Polizei.«

Späßchen, dachte Wambach und schaute auf die Fingernägel. Er versuchte, einem sympathischen Oberwachtmeister der deutschen Polizei Rapunzels Schicksal zu erklären, aber der lachte nur höflich und fand die Sache interessant.

Dann sprachen sie wie Männer: jeder erzählte von sich. Wambach von einer schwierigen Lumbalpunktion ohne Narkose, Hillenbrandt von Festnahme und Waffengebrauch.

Nach der achten Flasche bot Herr Doktor Wambach das freundschaftliche ›du‹ und wollte zum Omnibus der Linie Drei.

Der war weg.

Oberwachtmeister Hillenbrandt begleitete seinen singenden Freund bis zum Alexanderplatz bei Käse-Seifert und vermied die zweite Singularis.

So ein Kerl war er, der aktive Bruder des Psychologen! Hut ab auch vor ihm und seiner ganzen Sippschaft.

Zu Hause sang Herr Doktor Wambach laut und fand die Welt gelungen. Er aß zwei Rollmöpse. Die wollten schwimmen; er trank noch drei Flaschen Bilfinger Export; er holte seine Pantoffeln, stopfte die Pfeife, lehnte sich zurück und schaute an die Decke. »Ein irrsinniger Tag, Hubert«, dachte er laut, »bunt wie ein Hund.«

Er musste lachen und nahm die Feder. Es gelang ihm, sie ohne Assistenz der Linken in die richtige Lage der Rechten zu bringen; darüber freute er sich.

Er stellte das Bier neben den Werberezeptblock, sog an der Pfeife und kritzelte:

Telegramm [Entwurf]

Das Original über Fräulein K. Laporte weitergeleitet.

Wohlgeboren
Professor von Haselberg, Paris

Empfehle Mademoiselle Rapunzel Ihrem ärztlichen und menschlichen Schutz. *Wambach*

24, avenue de New York *[Ad acta: postwendend!]*
Paris
Sehr geehrter Kollege Wambach,
ich danke Ihnen für die Überweisung der Patientin Punzel Kopperschmidt [Barmer Ersatzkasse].

Fräulein K. kam unter etwas delikaten Umständen in meine Behandlung: es handelt sich um einen misslungenen Suicid, der gegen Morgen auf der Triumphtreppe von Sacré-Cœur unternommen wurde. Mitglieder einer Cook's-Reisegesellschaft fanden, zu guter Stunde, in der dürftigen Handtasche der Patientin mehrere Werberezeptblätter der Firma Knoerringen/Sohn und ein Ärztemuster [!] Schlafolin, wovon Fräulein K. glücklicherweise nur eine viertel Tablette konsumiert hatte.
Nachforschungen einer englischen Lehrerin, Miss Henderson, der wir alle großen Dank schulden, führten rasch über die Rue Descartes, das Hotel George V zu meinem Appartement, wohin die Geschädigte gebracht wurde.
Es liegt demnach eine Vergiftung durch mäßig überdosierte Barbitursäure vor. Fräulein K. ist zart, schon eine drittel Tablette wäre ihr Tod gewesen.
Anamnestisch war von Kopperschmidtscher Seite ein cholerischer Großvater und eine psychisch labile Großmutter zu ermitteln. Väterlicherseits blieb die Sache dunkel, ich will da kein Urteil fällen, ich nicht!
Befund: Leichter Excitationszustand bei manisch-depressiver Gemütsveranlagung. Kreislauf schwach, Pupillenreaktion oB [mechanisch].
Therapie: Bettruhe. Baldrian dreimal täglich 30 Tropfen; Schonkost. [Die Patientin spricht erstaunlich gut auf Essen an.] Und Entspannungsübungen.
Gérard liest der Geschädigten, wenn auch schläfrig, da

ich ihn seit Tagen unter Luminal halte, ›Emil und die Detektive‹ vor, eine wirksame Lektüre nach Selbstmordversuchen. [Siehe auch meine Veröffentlichung: ›Emile et l'amour des jeunes filles en fleurs‹. Gallimard 1951, 104ff.]
Um Überweisung des Kassenscheines wird nicht nachgesucht, da mir die Patientin nahesteht. Außerdem könnte ich über die Pariser KV nicht abrechnen.
Empfangen Sie, Monsieur, die Versicherung meiner vorzüglichen Hochachtung. *Pierre de Haselberg*

P.S. *Mein lieber Wambach [erlauben Sie, dass ich Sie im privaten Teil meines Briefes so nenne] – quel drâme! Gérard, mein Liebling, den ich, wie erwähnt, unter Luminal halte, da er seelisch zusammenbrach auf Grund meiner harten und, wie ich zugeben darf, ungerechtfertigten Haltung – Gérard ist geradezu toll vor Freude!*
Der Anblick seiner Geliebten im Bett, allerdings, machte ihn leicht febril und zwang mich zu erwähnten Maßnahmen.
Ich habe deshalb, nach Rehabilitierung Mademoiselle Rapunzels [nicht zuletzt durch Ihr Eingreifen lieber Wambach!], mit Madame der Fürstin, meiner verehrten Herrin, Rücksprache gehalten dahingehend, die beiden rasch zusammenzuführen, damit sich normalisiere, was bedrängt und Fieber schafft.
Ich verehre Mademoiselle. Und ich liebe Gérard wie ei-

nen leiblichen Sohn. [Darüber ausführlicher bei einer Flasche Rosé d'Anjou Cabernet, lieber Kollege.]
Nun – ich darf Madame, die verehrte Mutter Ise, und Sie selbst, lieber Kollege, bitten, Madame der Fürstin, meiner gnädigen Herrin, und mir morgen früh gegen elf Uhr im Hotel George V willkommen zu sein.
Benützen Sie, wenn möglich, die Kursmaschine B 18–70/71. Es ist beruhigend windstill, zur Zeit.
Auf den Besuch der Großeltern Kopperschmidt verzichten wir wohl?
Wollen Sie mich bitte Madame, der verehrten Mutter Ise, empfehlen.
vH.

PP.S. Ihre letzte Arbeit über die Konstruktion einer Pitoschen Überstauröhre habe ich mit Interesse verfolgt, doch halte ich die These vom ›Progressiven Ventilwärmeverlust‹ weiterer Nachforschungen wert.
Die Formel $s/2t^2$ scheint mir gewagt, ich würde vielmehr vorschlagen: Arbeitshypothese: $-s/2t^{n-1}$, doch darüber in der Avenue de New York, lieber Wambach!
Ihr vH.

Samstag

Der letzte Samstag des Doktor Wambach

Der Doktor war in der Nacht zum Samstag allerhand quälenden Ereignissen ausgesetzt:

Gegen Mitternacht fehlte plötzlich der linke Manschettenknopf am Frackhemd, und ohne Frack oder gar hemdlos war der Antrittsbesuch bei Madame der Fürstin nicht zu verantworten, zumal im ›George V‹!

Dann, so gegen fünf, versuchte die Kursmaschine B 18–70/71 mit zwei Stunden Verspätung über dem Flugplatz Orly durch gewagte, allzu gewagte Sturzflüge das linke, halb eingeklemmte Fahrgestell auszufahren oder in Dreiteufelsnamen loszuwerden.

Vier mittelhohe Funkbaken am Rollfeldrand waren bereits wegrasiert, die Passagiere wurden nervös. Ein mitteldeutscher Pastor sang: ›Ein feste Burg ist unser Gott‹ und klebte, wie alle Fahrgäste, zeitweilig an der Decke – so überaus gewagt fing der französische Chefpilot die schwere Maschine ab.

Der Bordfunker hatte bereits die Nerven und das Porzellanei der Schleppantenne verloren, Lehrer Ziesels Hühner wurden Alarm bekräht, ein neues war zu liefern – aber wie lange reichte das Benzin? Schließlich streckte Herr Doktor Wambach unter den Anzeichen einer ersten Panik seinen Stock aus dem Schacht des verklemmten Fahrgestells und wackelte, auf Ises Befehl, mit den Ohren, um die Landeklappen zu verstärken.

Endlich sprang der Bodenscheinwerfer mit grellem Phosphorlicht auf die betonierte Rollbahn. Unter mitteldeutschem: ›Das Wort sie sollen lassen stahn‹ holperte B 18–70/71 in die Grasnarbe der Schilleranlage. Mit einem Kopfstand kam sie vor Gérards gelben Einweisungsflaggen zum Stehen, es rumpelte mächtig im Kofferraum, das waren Frau Gutöhrleins Rollmöpse, und der Wecker zeigte halb sechs.

Lehrer Ziesels Hahn gab soeben Starterlaubnis.

Herr Doktor Wambach hatte während einer unverhofften ›Karenzstunde im warmen Bett‹ Gelegenheit festzustellen, dass Blutdruck und Sklerose beängstigend wurden.

»Hubert, sollten wir bald im Nordfriedhof liegen?«, fragte er die Decke und meinte Odette. Aber er lächelte, er freute sich auf den morgigen Tag. Nur nicht ans Manuskript denken! Jedenfalls, die Puppe war weg und unter der Erde, Franz Weber schien wüst gefährlich zu sein.

»Wie ein bunter Hund«, murmelte Herr Doktor Wambach, setzte sich auf den Bettrand und fuhr mit der Hand durch die Mähne. Jedes Haar schmerzte. Doppelbock war nichts für seine Kopfhaut.

Er fischte mit der großen Zehe den linken Pantoffel, schlurfte ins Badezimmer, schnitt sich sofort beim Rasieren, schlurfte in die Küche und fand hinter der Teebüchse das Hansaplast. Er genehmigte zwei Tabletten Anti-Migränin mit Koffein.

Dann ging er ins Badezimmer, hielt Wasser für eine großartige Einrichtung, sang ein bisschen vor sich hin und fühlte sich behaglich.

Wambach, ob man dich stehenlassen kann, unter der Dusche?

Soeben kommandiert Herr Makler Kopperschmidt dem Taxifahrer: »Hauptbahnhof, aber dalli und mit allen Sachen!!«

Dalli deshalb, weil Frau Kopperschmidt im letzten Augenblick das Puderschwämmchen zu wässrig benutzt hatte, wodurch ihr ganzes Makeup in Streifen geraten war.

»Wie ein Zebra!«, hatte Klein-Ise gejauchzt und eine Ohrfeige erhalten, aber eine kleine. Frau Kopperschmidt stöhnte: »Meine Nase glänzt. Mit dieser Nase fahre ich nicht.«

Das Bonmot ist nicht wörtlich aufzufassen, denn die Nase blieb. Außerdem war sie Frau Kopperschmidts bester Teil, eine reizende, geradezu entzückende Nase, von Natur bestimmt, glücklich zu machen und nicht angebrüllt zu werden. Wie überhaupt Frau Kopperschmidt zu retten wäre.

Ihre Nase hat sie Ise vererbt, die wurde schon montags gewürdigt.

Taxe zum Hauptbahnhof. Kopperschmidts fuhren über Frankfurt nach Bretten, einem Nest, in dem man vorzügliche Herde fabriziert. Sonst ist dort gar nichts los. Ein herdbauender Kopperschmidt war es auch gewesen, den justament der Schlag getroffen hatte. So eilten die beiden zu seiner Beerdigung. Makler Kopperschmidt, Vetter des Verstorbenen, sagte, man könne die Reise auf Spesen nehmen und in Stuttgart mal wieder beim Ring Deutscher Makler vorsprechen.

Tante Petry versorgte solange Louise, ihr Mann war auf Reisen. Sie war die gleichsam gerettete Frau Kopperschmidt, ihre Schwester, wie man weiß, und mit einem gewissen Petry verheiratet, der überhaupt nie brüllte.

Sie hatte dieselbe Nase, im Augenblick übrigens ungepudert, da sie im Nachthemd, Ise an sich pressend, im offenen Fenster lehnt. Beide winken dem mutigen Taxi nach, das sich dalli und im dritten Gang auf den Alexanderplatz stürzt.

Dann erlaubte Frau Petry ihrer Nichte Louise, noch ein bisschen zu ihr ins Bett zu kriechen, um zu schwätzen. Das tat Klein-Ise laut zwitschernd. Sie streckte die mageren Ärmchen nach der Tante, war zärtlich und plapperte alles durcheinander.

Eine Stunde später wusste Frau Petry Bescheid, nur noch nicht über Herrn von Haselbergs Vorschlag, den ›Progressiven Ventilwärmeverlust‹ mit hoch n minus eins anzusetzen. Der liegt noch neben der Zipfelmütze auf dem Schreibtisch des Poeten.

In der Messkammer gab es nichts zu tun.

Lediglich ein Lederapfel war zu essen und festzustellen, dass heute am Samstag, dem letzten, wie wir wissen, die Flugparabel schon vom Mansardentisch aus gelang: die getroffenen Hühner quittierten gackernd den exakten Abgangswinkel phi, Herr Doktor Wambach hielt sich für einen Kerl.

Er schaute zur Wolkenuntergrenze und freute sich, dass sie nicht vorhanden war. Im rechten Mundwinkel hing die erkaltete Pfeife, allerorts war Sonnentag.

Damit war Feierabend! Denn es ging bunt, hundsmäßig bunt und blutdrucksteigernd zu, an diesem Samstag.

Zuerst Frau Gutöhrlein. Sie ging in die allerheiligste Messkammer. Ohne anzuklopfen! Einfach hinein, keuchend und mit der Überzeugung: wer keucht, braucht nicht zu klopfen.

Sie schaute auf den entsetzten Doktor, machte eine entschuldigende Handbewegung und sagte:

»Besuch ist unten.«

Reine Formsache für kluge Leute aus Pforzheim! Sie sagte: Besuch, neutral und schlicht: Besuch, aber sie wusste Bescheid. Das war Frau Petry, geborene Schröter demnach, von Gebrüder Schröter & Co., die mittlere Schwester von Ises Mutter wohlgemerkt, nicht etwa die jüngste, die, wie jedermann weiß, zur Zeit etwas hat mit Konsul Degenhardt. Die mittlere also und mit Alphonse Petry kinderlos verheiratet, glücklich im übrigen, Alphonse, Briefmarkenhändler oder auch Philatelist, zur Zeit beim Achten Philatelistentag in Bad Liebenzell.

Aber man hatte sich schon einmal den Mund verbrannt, dachte sie. Und meldete sachlich:

»Besuch ist unten!«

Herr Doktor Wambach zündete die Pfeife an, presste den Tabak umständlich mit der Daumenkuppe in den Kopf und machte Frau Gutöhrlein rasend.

Strafe muss sein, dachte er, aber lange hielt er das nicht durch und humpelte hinter Frau Gutöhrlein die steile Holztreppe hinunter.

»Wambach«, sagte er im Wohnzimmer zurückhaltend und merkte, dass ihm die Frau sympathisch war, auch als sie Petry hieß und er begriff. Zumal er die Nase wiederfand, die mehrfach gewürdigt wurde.

Man setzte sich auf Frau Gutöhrleins Vorschlag in zwei bequemen Sesseln auf den sonnigen Balkon. Ein Vermouth war da, hoppla, seit wann ist Vermouth im Haus? Die Hühner scharrten in der feuchten Erde. Eine Amsel saß auf der Teppichstange. Es war März!

Frau Petry lächelte: »Herr Doktor –«

Der Doktor wehrte ab: »Hubert Wambach.«

»Herr Wambach, ich komme wegen Ise. Sie lässt grüßen, der Fratz – gerne! Ich nehme die Virginia, danke schön.«

Frau Petry blies den Rauch in die Sonne, schaute zuweilen auf den Doktor und erzählte, was sie so erfahren habe.

»Wenn ich ein Kompliment machen darf?«

Hubert Wambach verbeugte sich.

»Es sind feine Briefe. Nichts für Kinder. Schon gar nichts für Erwachsene.«

Sie kramte in ihrer Tasche: »Hier sind sie.«

Sie legte die Briefe auf den Tisch. Herr Doktor Wambach hob die Augenbrauen. Aber Frau Petry lachte:

»Sie lagen im Bürosafe meines Schwagers.«

»Im Safe?«

»Ganz recht«, sagte Frau Petry, »es war nicht gut, sie Ise zu geben. Die zwei letzten allerdings hatte sie besser versteckt. Sie waren im Bauch von Maximilian.«

»Maximilian?«, fragte der Doktor und war nicht sicher, ob man ihn hochnehme.

»Ises Teddybär. Sein Bauch ist hohl«, sagte Frau Petry und zwinkerte mit den blauen Augen.

Sie lachten, Doktor Wambach schenkte Vermouth nach. Besuch war da! Wambach freute sich. Alles wurde besprochen. Wie er so gebrüllt habe, der Makler, die Briefe in den Safe gesperrt, aber man kenne das Kennwort. Nun seien sie alle beisammen, … und Teddys Bauch sei dick genug.

Der Obervertrauensarzt begann, sich zu erklären. Frau Petry wehrte ab und sah ihn an:

»Sie sollten nichts sagen, Herr Wambach – schließlich habe ich sie gelesen. Ise ist nebenan, wollte ich noch sagen.«

»Im Hühnergarten?«, fragte der Doktor.

Frau Petry hatte Augen. Sie sagte gütig: »Nur weil ich sie nicht gleich mitbringen wollte, verstehen Sie? Irgendwo muss man das Balg ja lassen.«

Sie stand auf und gab ihm die Hand. Sie sagte:

»Adieu, Herr Wambach. Natürlich! Aber natürlich – wenn sie stillhält, warum nicht?«

Er durfte sie malen. In Öl! Wambach zitterte.

Wenn sie stillhält, versteht sich. Er murmelte heiser:

»Stillhält, selbstverständlich. Vielen Dank, gnädige Frau.«

Er brachte sie zur Tür. Er küsste ihr die Hand und hatte zwei Tränen im Winkel, zum Glück war es dunkel im Gang.

Er stand auf dem Balkon und sah ihr nach. Er fror und sagte vor sich hin:

»Auf Wiedersehen, Madame – Fürstin, meine verehrte Herrin.« Dann genierte er sich und trank beide Gläser aus.

Endlich brachte Frau Gutöhrlein das schreiende Modell aus Lehrer Ziesels Hühnergarten herüber. Viermal hatte Wambach rufen lassen, aber sie hörte schlecht. »Später«, rief sie, »später komme ich mal rüber zum Onkel.« Und ob es noch Kakao gäbe?

Wambach sagte: »Hubert!« zu sich, »nur keine Gefühle«, und wurde sentimental. Er trank den ganzen Vermouth.

Als er sie hörte, stopfte er die Pfeife, qualmte sie links und prüfte die mit Mastix gehärtete Platte aus dem Rheingau. Er war aufgeregt wie in der Anatomie, das Blut sang in seinen Ohren, er hatte das unbestimmte Gefühl, fiebrig zu sein. Un-bestimmt war sein Gefühl, das kann man sagen. Es gab medizinische Hilfsinstrumente, Fieber zu messen, zum Beispiel den alten Thermometer aus der Löwendrogerie am Alexanderplatz, aber der lag in der Besenkammer, keiner wusste wo.

Umso genauer prüfte er die Oberlichtverhältnisse im Wohnzimmer, regelte sie vortrefflich mit gewagten Gardinenverspannungen. Er nahm schließlich Claras Spitzentischdecke, die man nie in der Mitte anfassen durfte. Wambach hängte sie an einen rostigen Nagel hinter der Tür. Somit war das störende Querlicht abgedämpft. Wo blieb das Modell? Da kommt es an der Hand einer schimpfenden Putzfrau, hat schon einen Apfel in der Hand und das Versprechen in der Tasche, dass man gleich Pralinen hole.

Wambach fühlte den Puls und schwieg. Er malte schnell, er ließ Ise schmollend auf dem Hocker sitzen. Wenn sie nur da war. Er warf die Skizze in flüchtigen Konturen auf die Platte, paffte angestrengt am Krüllschnitt und ließ die zugekniffenen Augen über den Zweiglaszwicker schweifen.

Rasch, nur rasch, das gekränkte Modell einzufangen, das ihn betrügen wollte. Das neue Leben, bevor Clara zurückkam, und die leere Disziplin seiner Tage.

Morgen war der Kongress. Nichts war getan. »Ich sage bewusst: eine Last!« Nichts getan. Das Manuskript seiner Rede ein Witz. Er, Präsident Wambach, hatte eine Puppe beerdigt und Doppelbock mit der Polizei getrunken. Konnte man das referieren?

Ise Kopperschmidt begann die Rattenschwänze zu bewegen. Sie bohrte in der Nase. Sie schaute spöttisch über die Zipfelmütze auf den Schreibtisch. Sie sagte leise:

»Ein schönes Bild.«

Damit meinte sie Odette, deren Foto vor ihrer Nase stand. Herr Doktor Wambach brummte:

»Ja. Den Kopf höher! So.«

Ise klopfte mit den Absätzen gegen die Hockerbeine, die Lage wurde unhaltbar. Herr Doktor Wambach spielte seinen letzten Trumpf. Er sagte, nur so nebenbei, aus dem freien Mundwinkel:

»Was die wohl machen mit der toten Rapunzel? In Paris?«

Eine Künstlerstunde war gewonnen.

Mit dem sehr bestimmten Gefühl, febril zu sein, strich und spachtelte der Doktor das liebe Gesicht auf die Platte, rasch, nur rasch. Ohne Maß, ohne Komposition. Etwas Ocker mit Dunkelgrün abgesetzt, mit dem breiten Nagel des Daumens das brennende Karmin aufgetupft, ein feines Leberfleckchen.

Seine eingekniffenen Augen tasteten über das zappelnde Modell, das zwitschernde Stück Unruhe.

Er redete, er flunkerte, er gab nur Worte von sich, Wambach Lotterieeinnehmer, Wambach billiger Jakob, nur keinen Frieden geben, die Kundschaft muss mir auf dem Hocker bleiben.

»Schlaftabletten, welch ein Kummer! Eigentlich nicht recht vom Onkel Doktor, Ärztemuster zu verschenken. Aber wer ist auch so blöd und schluckt das Zeug? Gut, dass sie früh aufstehen, die Engländer. Gewiss, alle tun das, Kopf tiefer, aufstehn und die zimperliche Miss Hudson – ah, richtig: Henderson!«

Wie gut sie das behalten habe. »Tüchtig, diese Henderson!«

Er ging auf und ab, las aus dem letzten Brief ein Sätzchen, gab seinen Kommentar im Stehen. Das Briefpapier war voller Kleckse.

Doch auch die Platte gewann. Der Doktor jubilierte und erhob die Stimme, denn Rapunzel, wollten sagen: Ise war am Ende.

Wiederum rettete Frau Gutöhrlein – ob sie lauschte? – die Szene ihres Arbeitgebers.

Ohne zu klopfen führte sie unter schelmischem Getue und überaus feierlich drei vermummte Gestalten in die Stube, ließ sie auf den Boden hocken und klatschte in die Hände.

Die Bettlaken fielen zurück – es waren Ziesels Buben!

Das gab Hallo und lärmendes Durcheinander. Maler Wambach malte. Er wurde ganz Auge, Jägerauge, Pupillendiagnostiker.

»Sitzenbleiben, Ise. Sonst ist alles erlaubt.«

Quietschend vor Lachen, die Rattenschwänze im Karussell, die Beine trampelnd, stand sie sitzend Modell, Wambach schwitzte.

Er malte modern, zum Glück. Aber ein bisschen Ise wollte er's noch werden lassen.

Er ließ die Meute toben. Zuweilen schrie er einen scharfen Befehl in den Raum, zur Aufrechterhaltung der Disziplin und Kinderzucht.

Als die Jüngsten, genannt Ziesels-Zwillinge, zum Gaudium ihres verehrten Gastes ein Huhn ins Wohnzimmer flattern ließen, zögerte Herr Doktor Wambach einen Augenblick, ob er den Laden schließen oder das Bild in die Ecke werfen sollte.

Er besann sich auf sein Fieber und drückte schweigend einen Daumen Purpur auf die Platte.

Über das Mittagessen wäre eine Hymne zu liefern. Frau Gutöhrlein bewies Großformat: Sie kam herein ins Chaos, nahm das verwirrte Huhn und warf es aus dem Fenster. Dann befahl sie der Bande, Stühle mitzubringen.

»Zuvor wascht ihr mir die Hände!«

Sie meinte auch den Chef, der merkte es genau. Gehorsam holte er Terpentin und den blauen Wolllappen aus der Besenkammer.

Waschbecken und das überaus geschädigte Handtuch sind poetisch zu übergehen – Frau Gutöhrlein hatte sie abgeschrieben. Dann saß die aufgeplusterte Gesellschaft, beaufsichtigt durch Respektspersonen Wambach/Gutöhrlein, am großen Küchentisch auf dem sonnigen Balkon und aß.

Das heißt, sie fraß, ein anderer Ausdruck wäre lyrisch.

Es gab Tomatenreissuppe, für jeden zwei Teller. Es gab Schupfnudeln mit Ackersalat, ein württembergisch-badisches Leibgericht, durch das einst Frau Gutöhrlein ihren Mann zur Verlobung gezwungen hatte.

Und obwohl wir betonen, dass gefressen wurde, blieben noch zwei volle Pfannen auf dem Herd.

Hut ab.

Im übrigen verlief das Essen in bester Stimmung, obwohl das Wort ›Schupfnudeln‹ eine kritische Sekunde bewirkt hatte. Denn Schupfnudeln, ein Zauber aus Mehl, alten Kartoffeln und Zieseleiern, werden im Volksmund, ihrer delikaten Form wegen, zuweilen mit einem unanständig-flotten Namen bezeichnet, den freizugeben der gütige Verleger partout sich weigerte.

Ziesels ältester Zwilling kannte den Namen. Er wollte ihn eben der Ise ins Ohr flüstern, da traf ihn ein Klaps der Frau Gutöhrlein. [Er sagte ihn später, im Garten.]

Den Nachtisch machen wir kurz: pro Person zwei

Lederäpfel und zu dritt fünf Pralinen. Ab die Blase, in den Garten!

Die Putzfrau servierte ihrem erschöpften Doktor einen dreifachen Mokka.

Der sagte: »Frau Gutöhrlein, Sie sind eine prächtige Person.«

Rasch verschwand die Wackere. Sie weinte in der Küche vor Stolz. Es darf vorweggenommen werden, dass sie auch heute noch, Monate nach Wambachs Beerdigung am Nordfriedhof, feuchte Augen hat, wenn sie für Oberfahrleiter Karl und die eigene Brut Schupfnudeln brät.

Damit ist der Samstag zu Ende. Fünfzehn Uhr, er ist zu Ende. Ise hat Rapunzel vergessen. Hier liegen ihre Briefe. Es spielt sich gut im Hühnergarten. Sie hat den Alten vergessen, der wackelt zwar allerliebst mit den Ohren, aber kann er auf die Blutbuche klettern? Kann er einer gescheckten Henne das angebrütete Ei stibitzen?

Auch sagen Ziesels Zwillinge:

»Ob das alles stimmt! Eine Puppe kann doch nicht reisen. Einfach so. Im Orientexpress. Und ohne Geld. Ich weiß nicht. Komisch.«

Auf dem Balkon sitzt Herr Obervertrauensarzt Doktor Wambach und döst vor sich hin. Er versucht der Resignation letzten Teil – er schließt die Augen.

Da plötzlich! Wir haben es vorausgesagt: Es läutet. Es flüstert im Korridor. Dann wird man laut und ziemlich deutlich.

Frau Gutöhrlein schiebt ärgerlich, aber unsicher den schlacksigen Jungen durch die Tür.

Franz Weber ist es, der bunte Hund.

Der hatte sich die Sache überlegt, er hatte beschlossen, Wambachs Worte »Ich schlage dich tot« nicht ernst zu nehmen und anständig einzuhandeln. Kompliment, der Bursche hat Instinkt.

Sie führten ein gereiztes Gespräch von Mann zu Mann, der jüngere wagte zu rauchen. Dann erhob sich Doktor Wambach und befahl dem Weber-Franz, mit ihm zu kommen.

Droben in der heiligen Messkammer verblieben die Geschäftspartner wie formuliert:

Franz Weber [im folgenden Kontrahent I genannt] verspricht Herrn Obervertrauensarzt Doktor Wambach [Kontrahent II], sein ungewaschenes Maul zu halten und den Raub der Puppe [den er bestreitet] Louise Kopperschmidt für alle Zeiten zu verschweigen.

Er setzt sich mit Wort und Fäusten dafür ein, dass seine Bande vom Nordfriedhof ihr ebenso ungewaschenes – [Kontrahent I: »Geht klar in Ordnung, Doktor!«]

Kontrahent II liefert Kontrahent I als einmalige

Gegenleistung den geplatzten Pilotballon zur Höhenmessung mittels Theodolith – [»Wie das nicht guttut, Hubert! Und hast du gehört, was der Rotzaffe sagt? In drei Minuten, hat er gesagt, habe ich den Ballon flott, da gehe ich kurz in Vaters Werkstatt, und das Ding schwimmt in Butter.«]

Mündlich besiegelt und mit zwei Lederäpfeln. März, am Samstagnachmittag gegen sechzehn Uhr. Allerhand Mumm, der Weber.

So wäre denn der Samstag wirklich zu Ende gewesen, hätte nicht Frau Gutöhrlein beim Adieu ihrem Brotherrn ins Ohr geflüstert.

»Sie quält sich doch arg, die Kleine, wegen Rapunzel. Auch wenn es im Augenblick nicht danach aussieht.«

»Quält sich?«, fragte der Doktor und schaute sie an. Frau Gutöhrlein nickte lebhaft, mit einem ängstlichen Blick auf den Mann im Stuhl. Dann wünschte sie auf Wiedersehn und gute Nacht. Es gebe Laugenbrezeln mit Radieschen, wie immer samstags. Bier sei eine Menge im Haus. Angenehme Reise auch. Und einen schönen Gruß vorläufig, an Frau Bonnet, die verehrte Frau Schwägerin.

Er nickte und sagte: »Adieu.«

Sie kam zurück und sagte:

»Speck ist genug im Haus. Was fehlt, fällt gar nicht auf. Auch Eier. Eine Masse!«

Sie holte ihren Mantel, nahm den blauen Wolllappen mit, um ihn zu vernichten, und ging leise.

Herr Doktor Wambach blieb auf dem Balkon sitzen. Eine Decke lag über seinen Knien. Er hörte Klein-Ises Stimme und freute sich, das heißt, er gab sich Mühe.

»Nur keine Mätzchen, Hubert«, dachte er direkt, »die Gutöhrlein meint es gut.«

Er schloss die Augen. Das Fieber ließ ihn frösteln.

Plötzlich kam sie herüber, verschwitzt, müde und glücklich, knickste zum Abschied vor dem Onkel im Ohrensessel, nahm den geöffneten Arztbericht des Herrn von Haselberg und ging.

In der Balkontür sah sie die Augen des Mannes und schämte sich, so gut sie konnte.

Sie ging auf ihn zu, legte die mageren Arme auf seine Schultern und presste das Näschen an die runzlige Stirn:

»Onkel Wambach«, sagte sie leise.

Dann lief sie nach Hause zu Tante Petry. Am Alexanderplatz, kurz vor der Löwen-Drogerie, kam ein Bus der Linie Drei. Ise sprang erschrocken über die Straße – ein kleiner Casus für Philologen und Sammler: in der Angst zerdrückte sie die Einladung, mit B 18–70/71 ins ›George V‹ zu kommen.

Noch spät in der Nacht stand Herr Doktor Wambach vor seinem großen Gemälde in Öl. Es war unvollendet, aber schon Ise, ein bisschen auch Odette in Aßmannshausen.

Er setzte die Zipfelmütze auf, seine Haare schmerzten, er aß eine halbe Brezel und trank Bier, aber ohne Radieschen. Er hatte Fieber.

Er klemmte den Zweiglaszwicker auf die Nase, legte die Feder mit der Linken in die richtige Lage der Rechten, nahm das schönste Briefpapier seiner Schwägerin Clara, Bütten chinesisch, und flog nach Paris:

Hotel George V *den 20. 3.*
PARIS
par avion
Frau A. Petry
Schützenstraße, Ecke Alexanderplatz [bei Käse-Seifert]

Madame meine verehrte Freundin,
nach einigem Zögern sei Ihnen der feierliche Abschluss und Neubeginn einer Liebesgeschichte anvertraut, deren tragikomisches Opfer Unterzeichnender zu werden beginnt.
Ich nahm, gemäß Herrn von Haselbergs Vorschlag, kurz nach Mitternacht die Kursmaschine B18–70/71. Der Flug war grauenvoll, mein erster und einziger im Üb-

rigen, wobei ich ohne Übertreibung melden darf, dass meine überschäumende Fantasie, die mich seit einer Woche aus der Ordnung des Ruhestandes geworfen hat, Personal, Maschine und sämtliche Passagiere zu retten vermochte.

Erlassen Sie es mir, Madame, festzustellen, wo und seit wann ich eine doppelte Existenz zu führen begann. Ich sitze am großväterlichen Schreibtisch und könnte doch ohne Lüge hinzufügen: ich sitze zwischen Miss Henderson und Madame Rénard am linken Kopfende des damastenen Hufeisens im George V.

Mein letzter Halt liegt in der unbedingten Wahrhaftigkeit dieser Lüge. Ich finde nicht mehr zurück zur Sandsteinbank am Nordfriedhof und der Isobarenkarte meiner Messkammer.

Ihrer Ehrenstellung gemäß sitzen Madame die Fürstin, eine wahrhaft verehrungswürdige Herrin, und der Leibarzt des blassen Bräutigams, Herr Professor von Haselberg, am rechten Kopfende des Hufeisens, dessen Mitte allein vom Brautpaar geschmückt wird.

So wollte es die Fürstin, doch man darf sagen: so verlangte es die ästhetische Gerechtigkeit.

Denn das junge Paar ist unvergleichlich.

Erwähnen darf ich noch die hohe Ehre, die mir altem Mann und künstlerischem Dilettanten widerfuhr. Trotz einer verschwenderischen Kollektion römischer Modellkleider war Mademoiselle Rapunzels adeliger

Geschmack nicht zu befriedigen. So kam es, dass ich, überraschend durch Herrn von Haselberg am Flugplatz empfangen, die restliche Nacht in der Avenue de New York inmitten eines Stabes von Fachkräften das Brautkleid entwerfen, in Pastell an die seidene Tapete skizzieren und vor der entzückten Braut zuschneiden durfte.
Welche Genugtuung, Madame, heute, in meinem dreiundachtzigsten, und, wie ich spüre, letzten Lebensjahr, nachdem ich nur ein einziges Mal, Herrn Lehrer Ziesel, ein Ölgemälde in Zahlung geben konnte, um für meine hustende Frau zehn Frischeier zu erhalten.
Man behandelt mich wie den leiblichen Vater der Braut. Und ich gestehe Ihnen, dass ich mich nicht wehre dem Irrtum meines Herzens und dem der großen Gesellschaft gegenüber.
Herr von Haselberg, mein berühmter und kluger Kollege, bot mir im Foyer des George V bei einem Martel das freundschaftliche ›du‹, das ich mit Takt zu umgehen suche. Die Ehre macht mich schwindeln.
Miss Henderson an meiner Seite sprach lange in reizendem Akzentfranzösisch über die ›World Women-Association‹, die mithilfe Gottes und der Vereinten Nationen den Frieden erkämpfen werde. England gehe immer mit den guten Völkern, nur der Zollsatz für deutsche Automobile sei ein Skandal.
Ihre Rede überzeugte mich ebenso wie der superbe Champagner, dem ich stark zuspreche.

Von großem Gewinn war mir auch Madame Rénards Versicherung, Gaston, ihr Junge, habe in deutscher Gefangenschaft zwar sehr gehungert und nie weißes Brot erhalten, dennoch fahre er für ein Vereinigtes Europa Speisewagen. Im Übrigen sei es immer vonnöten, französische Kultur nach Saarbrücken zu tragen, schon Napoleon habe gesagt –

Hier unterbrach ich Madame Rénard, küsste ihr die Hand, ließ unsere Sektgläser füllen und – erbat mir lebenslängliches Quartier in der Rue Descartes, um auf so geheiligtem Boden der Malerei und den Wissenschaften zu leben.

In der Tat, Madame, meine verehrte Freundin: ich bleibe in Paris!

Man muss in jenem Teil der Erde sein Leben beenden, der die Würde und Hilflosigkeit verkörpert. Ich werde malen, mit von Haselberg die Progressive Ventilwärme diskutieren und die Nachmittage im Luxembourg durch die Lektüre des Emile heiligen.

Empfehlen Sie mich Ihrer entzückenden Nichte, Mademoiselle Ise. Ich bitte um Verzeihung, dass ich schließlich allein nach Paris geflogen bin. Ich hatte das Gefühl, als überwinde sie eben den Verlust ihres Kindes durch den Umgang mit jungen Tieren und Knaben. Wollen Sie diese Worte ihrem kindlichen Geist verständlich machen?

Soeben beginnt Herr von Haselberg seine Festrede. Er klopft mit dem Ring an das –

O Saint Sulpice! Es ist ein schmaler Ehering. Madame die Fürstin, seine geliebte Herrin, lächelt dankbar und errötet.
Ich verstehe und bin glücklich.
Adieu, Sie sind meinem Herzen nahe. Es genügte die eine Stunde. Immer findet man sie wieder – die wenigen, durch die wir leben. *Ihr Hubert Wambach*

P.S. *Falls meine liebe Schwägerin doch einmal heiraten sollte – plaudern Sie zuweilen mit Frau Gutöhrlein?*

Sonntag

Der allerletzte Sonntag des Doktor Wambach

Abfahrt 10 Uhr 59 Gleis sieben.

Man spricht häufig von der Präzisionsarbeit der Deutschen Bundesbahn, nie aber von Herrn Doktor Wambachs Reisevorbereitungen!

Der gütige Verleger zeigte sich zwar menschlich gerührt von einem 34 Seiten starken Kommentar des Herausgebers, Wambachs Reisevorbereitungen betreffend, hielt ihn aber für absolut langweilig und finanziell nicht vertretbar. So verblieb man wie folgt:

»Herr Doktor Wambach stand Punkt 10 Uhr 45 an der Sperre, Gleis sieben, und war auf die kurze Reise vorbereitet in einem Ausmaß, dessen kompakte Schilderung 34 Seiten benötigt hätte.«

Überhaupt nicht vorbereitet aber war der Doktor durch ein Manuskript in seiner Mappe, betitelt: ›Die doppelte Verantwortung‹. Damit hatte er so ziemlich alles vergessen, was zu tun war als Ehrenpräsident auf Lebenszeit.

Sein Äußeres war ohne Tadel, etwas zu salopp, könnte man sagen. Die leicht gestreifte Silberkrawatte in kühnem Bogen den faltigen Hals zierend, das Spitzentaschentuch im Sakko mit Lavendel getränkt, die Haare locker, ohne Fixativ, über den Ohren, als säße man leger im Korbstuhl des Café Mabillon am Boulevard Saint-Germain und erhitze sich mit Freund Haselberg über den ›progressiven Ventilwärmeverlust‹.

Kollege Bader erschien um 10 Uhr 46 und hielt es für selbstverständlich, sich wegen der Minute zu entschuldigen. Man gab sich die Hand und fand Gefallen aneinander, wie seit zweiunddreißig Jahren.

Dann stiegen die Herren in ein Raucherabteil der ersten Klasse, wedelten mit dem Taschentuch Staub von den Sitzen und ließen es schweigend 10 Uhr 59 werden.

Herr Doktor Wambach hatte beim Aufstehen, schon als die große Zehe den linken Pantoffel suchte, ein Gefühl verspürt, das unser Leben nur kurz vor Feierabend bietet:

Ein Gefühl etwa, als rauche man rechtsseitig, qualmlos, eine überirdische Pfeife parfümierten Feinschnitts.

Spiegeleier mit Speck, ein Lederapfel, der Blick zur

wiederum nicht vorhandenen Wolkenuntergrenze, der heitere Verzicht, Lehrer Ziesels Hühner zu belästigen – das alles im seligen Feinschnitt enthalten, traumhaft schwerelos, in glücklicher Gnadengewissheit.

Am Schreibtisch war er eine Minute über der Erklärung gesessen, künftig nur noch in Paris zu malen, hatte das Ölbild mit prüfenden Fingerspitzen gekost, hatte die Werberezeptblätter der Firma Knoerringen/Sohn in ein Kinderpostkuvert gesteckt, aber die Garnierung mit exotischen Wundermarken unterlassen, um Madame seine Freundin, Gattin des Philatelisten Petry, seelisch nicht zu überfordern.

Er hatte den Brief und alle Briefe in die Reisemappe gelegt und sich auf die Sonntagsreise vorbereitet mit einer tapferen Gründlichkeit, die der gütige Verleger langweilig fand.

Der Zug fuhr langsam über den Bahndamm der Schilleranlage. Herr Doktor Wambach wischte sich die feuchte Stirn und bat Kollege Bader um Entschuldigung, er müsse rasch aus dem Fenster sehen. Kollege Bader machte sich Sorgen um den Freund. Er schwieg und dachte an den albernen Anruf eines gewissen Kofferschmied. »Mit W. sprechen!«

Dann sprach er, doch über den Kongress, der wohl keinerlei Neuigkeiten bringe, und was er, Wambach, von der politischen Lage halte?

»Wie?«, sagte der und schaute über den Bahndamm der Schilleranlage.

Doktor Bader schwieg und lehnte sich ins Plüsch. So fuhren sie lange Minuten. Dann lachte Herr Bader plötzlich laut und sagte:

»Dass ich vergessen konnte, Kollege! Hier, das Buch, bitteschön.«

Er zog aus seiner Schweinsledermappe einen abgegriffenen Folianten, betitelt:

Die Wild'sche Windmesstafel.

Ihre Herstellung und Bedeutung für die Kulturgeschichte des Abendlandes.

Wien 1859. 6., unveränderte Auflage.

Herr Doktor Wambach freute sich über das Buch und legte es in seine Reisemappe, ohne darin zu blättern. Dennoch freute er sich inständig über Kollege Baders Ordnung, die er, Wambach, seit einer Woche verraten hatte. Freute sich und sagte: »Vielen Dank, mein Lieber!« und schaute aus dem Fenster.

Nach einiger Zeit begannen die Herren, ohne Verabredung, zu rauchen. Wambach hatte einen exquisiten Stumpen ›Merker Sandblatt‹ zu bieten, blieb aber selbst bei der Pfeife.

Sie ordneten Kongresspapiere auf den Knien und dem Reisetisch am Fenster. Man sprach allerlei und ließ kein gutes Haar an den Kollegen.

Wambach fror ein wenig, aber er bestand darauf,

das Fenster zu öffnen. Als Doktor Bader ihn dreimal vergeblich um die Sitzliste des Ersatzkassenausschusses gebeten hatte, erschrak er sehr und dachte wieder an den Anruf eines gewissen Kofferschmied: Vor ihm, lächelnd, saß Herr Doktor Wambach und beugte sich über Erich Kästners ›Emil und die Detektive‹!

Doktor Bader hatte Enkelkinder, demzufolge Hochachtung vor Emil, aber er war achtundsechzig.

Der Zug glitt in die große Halle. Am Bahnsteig warteten zwei Herren vom Vorbereitungskomitee, verbeugten sich und nannten das Wetter himmlisch.

»Ganz recht. Sehr schön. Einfach himmlisch«, sagte Herr Doktor Wambach, ließ sich zum Wagen der Herren führen, gab Kollege Bader plötzlich seine schmale Mappe und flüsterte: »Bis nachher, lieber Bader. Ein kleiner Gang. Danke, allein! Ich komme pünktlich.«

Er winkte den verdutzten Herren fröhlich zu, schwang seinen Stock und schlenderte die Hauptstraße hinunter.

»Wenn schon – denn schon«; Frau Gutöhrlein hat da ganz recht, dachte Hubert Wambach.

Wer weiß, ob es ihr einmal wehtut. Vielleicht schon morgen. Da kann es regnen, die Zieselbuben lassen sie sitzen, oder es gibt Krach. Dann tut es ihr weh. »Denn schon ein sauberer Abschluss«, dachte Wambach und fragte mutig den ersten Polizisten.

Der wies ihm kopfschüttelnd das führende Geschäft am Platze: ›Spielwarenhaus Gerwig & Co.‹; man erinnert sich seiner Filiale in Wambachs Heimatstadt.

Er läutete. Er klopfte.

»Heute ist Sonntag!«, lachten ein paar Spaziergänger.

Das sei ihm bekannt, sagte der Alte trotzig. Sonntag ja, aber sein letzter.

Es gab eine kleine Versammlung. Man spottete. Endlich sah eine Dame die Augen Wambachs und schickte ihren Jungen in den Hausgang.

Der Geschäftsführer kam in Hosenträgern, bat den Wachtmeister, die Menschen zu zerstreuen, sein Geschäft sei absolut reell. »Weiß der Himmel, was der Alte will!«

Er öffnete vom Hausflur aus den Laden und ging mit dem Doktor in sein verdunkeltes Märchenhaus.

Wambach nahm ein Taxi. Er versprach dem Fahrer ein Trinkgeld, wie er es höher nie mehr im Leben erhalten werde, lehnte sich zurück und schloss die Augen.

Er murmelte:

»Hut ab, Hubert, frappierend ähnlich, ganz frappierend.«

Er fühlte den Blutdruck. Der Wagen bremste, die Profile kreischten auf dem Asphalt.

Er warf dem Fahrer einen Schein auf den Sitz, sagte: »Vielen Dank, mein Junge, das haben Sie großartig gemacht. Alle Strafmandate per Adresse unseres Kongresses, ja?« und eilte ohne Stock, den hatte er bei Gerwig & Co. liegen gelassen, die Marmortreppen der Kolonnaden hinauf.

Transparente verkündeten den Fünfzehnten Kassenärztlichen Hauptkongress – herzlich willkommen.

Die Garderobiere zerrte ihm den Mantel vom Smoking, die Saaltür schlug auf, und unter Beifall der aufatmenden Fachkollegen humpelte Herr Obervertrauensarzt Doktor Wambach über den roten Sisalläufer auf das Podium, empfangen und herzlich laut begrüßt vom nervösen Verbindungsdelegierten Bader.

»Um Gottes willen, Wambach, was ist mit Ihnen?«, flüsterte er unter offiziellem Lächeln und Rückenklopfen. »Die Papiere liegen oben«, murmelte Bader aufgeregt, »ich konnte Ihr Manuskript nicht finden. Aber alles liegt oben am Pult, die ganze Mappe.«

»Danke, mein Lieber«, keuchte Herr Doktor Wambach, »entschuldigen Sie!«

Er bestieg das Podium. Die Damen und Herren

setzten sich zurecht und erwarteten das sonntägliche Tedeum des Kongresses – vierzig Minuten Gemeinplätze ihres Präsidenten honoris causa.

Wambach fand seinen Zweiglaszwicker nicht, obwohl er eine führende Rolle während der [abgelehnten] Reisevorbereitungen gespielt hatte.

Er wühlte mit ungeschickten Händen in den Papieren, fand sein zerdrücktes Fünf-Zeilen-Manuskript und legte es mit einem schmerzlichen Gesichtszucken zur Seite.

Er wühlte und fand nichts Brauchbares zur Rettung des Fünfzehnten Kassenärztlichen Hauptkongresses.

Sein irrer Blick fiel auf das kleine Buch vor der Silberkrawatte. Und verzweifelt mutig, langsam, laut, sehr monoton sprach er in den Saal:

»Emil und die d-oppelte Verantwortung.«

Er schlug das Buch auf, irgendeine Seite.

»Meine Damen und Herren, ich spreche über Emil.«

Hier wischte sich Kollege Bader das Gesicht. Wambachs Stimme schwang mühsam tapfer durch den Raum:

»Wer aber ist Emil?!«

Sterben, dachte Doktor Bader, möglichst unter meinem Stuhl. Doch schon geschah das Entsetzliche: Hubert Wambach griff mit verklärtem Gesicht in die Smokingtasche und zog ein allerliebst nacktes Puppenkind ins Schweinwerferlicht des Podiums, Schnuller um den Hals!

Links saß die Presse. Vorne 643 Fachkollegen, Bader hatte es schriftlich.

Wambach rief in den Saal:

»Das ist Emil, meine Freunde!«

Herr Doktor Bader fühlte das Parkett unter dem Sessel weichen. Er erhob sich mit einem verzerrten Lächeln, um wenigstens des Freundes Ehre zu retten.

Was sollte Emil, ausgerechnet Emil auf dem Kongress? War er herzlich willkommen?

So dachten 643 Kollegen, zwei Dutzend Verbindungsdelegierte und auch vier Platzanweiser. Nur die Presse dachte nichts. Emil war den Kollegen neu, aus keinem Lehrbuch bekannt, auch überging ihn die einschlägige Literatur zur Sozialgesetzgebung, nebst jährlicher Beiblätter.

Herr Doktor Bader errötete für Wambach. Er fühlte sich schuldig. Ein gewisser Kofferschmied hatte gewarnt, auch war die Fahrt schon mehr als sonderbar verlaufen.

O entsetzliche Sekunde! Man lachte im Proszenium, man reckte die Hälse. Man war gespannt, wer ihn wohl retten könne, den Skandal.

Emil natürlich! Emil allein. Er konnte es und tat es auch. Präsident Wambach schwankte. Er fühlte unerhörte Kräfte in seinem gichtigen Körper, Mokkakräfte, er war ein dreiundachtzigjähriger Kerl.

Der nackte Bursche in seiner Hand war die verzweifelte Provokation des müden Geistes. Es galt, die Ehre zu retten und den hilflosen Freund am Beisitzertisch. Er setzte den Schnullerträger auf ein breites Lineal und winkte herrisch mit der Rechten. Dann sprach er. Achtzigeinhalb Minuten. Frei, fließend, ohne Manuskript, ohne Wasserglas, Hüsteln und seniles Räuspern. Wunderbar sanft zuerst, dann ironisch blitzend in saftigen Bonmots.

Da kam Klassisches genug in seine Rede: ›hic Rhodus‹ und ›quo usque tandem‹, auch Atomphysik und moderne Malerei – Bildung demzufolge, etwas Fürchterliches.

Steuersorgen, Patientenfang und Kassenschwindel – nichts aus dem köstlichen Allerlei der Praxis hatte Bestand vor Wambachs reinem Spiritus. Man schaute auf die Fingernägel, man schämte sich und schwieg.

Soweit der großen Rede erster Teil. Die Fachkollegen saßen starr im roten Samt.

Präsident Wambach fühlte die Schläfen hämmern, sein Herz stolperte über den Puls.

Er sprach und sprach, schillernd bunt, immer freier und gewagter, er hatte das Publikum in der Hand. Es wagte kaum zu atmen.

Um so schwerer wurde dem Präsidenten die Luft. Er sah auf die Uhr und kam zum Ende:

Emil, die hilflos nackte Kreatur schlechthin, eine Puppe auf der Brücke über dem Nichts – hier, Emil, wurde der Archetypus des unversicherten Staatsbürgers.

Wambach gab Emil einen Klaps auf den Kopf, der Kleine wackelte bedenklich, doch er überlebte den Schock: er war gesetzlich zwangsversichert! Man hatte ihm den Ritterschlag der AOK versetzt. Emil erkrankte in Zukunft auf Kassenschein.

»Sie, meine verehrten Herrschaften«, rief der Präsident, und sein Lachen befreite alle Welt von einer unerträglichen Spannung, »Sie alle arbeiten mit mir an Emils Sicherheit. Sie schützen ihn. Sie schützen uns.

Doppelt ist Ihre Verantwortung.

Wie aber?« – Wambach senkte seine Stimme – »wie tun Sie Ihre Pflicht?«

Der Saal starb vor Spannung und Gewissen.

Herr Doktor Wambach rief:

»Sie schützen Emil: Als Emils Arzt – und Emils Detektive!«

Hier endlich durfte der Fünfzehnte Kassenärztliche Hauptkongress verschnaufen. Langes, freudiges Gelächter. Der Präsident erlaubte es gnädig und hielt die Titelseite seiner Lektüre in den Saal. Er sagte lachend:

»Empfehle das Buch. Bin dadurch alt geworden.« Die Versammlung wurde ernst. Wambachs Stimme erklang:

»Emils Leben vom Kaiserschnitt zur Auszahlung der Sterbegelder – welch eine kassenärztliche Belastung.«

Emil hatte Masern. Stift Emil quetschte sich als Elektroschweißer den Daumen. Emil unternahm Kassenbetrug. Die empörten Damen und Herren fragten sich mit Präsident Wambach, wie es möglich sei, dass Millionen, dass Abermillionen in Emils ungewaschenes Maul fließen konnten. Warum stöhnte Stift Emils Brotherr über die Sozialabgaben für den Bengel – während der sich in strahlender Märzsonne krankschreiben ließ, um bei seinem Mädchen zu liegen?!

Wörtlich so sprach der gewaltige Mann. Emil wurde augenblicklich gehasst, obwohl er nicht beim Mädchen lag, sondern die nackten Arme streckte auf seiner Brücke. Emils Bäderkur in Nauheim, Emils ewiger Mandelabszess – weil er Angst hatte, sich operieren zu lassen! Wambach nannte neunstellige Zahlen, und alles ohne Manuskript.

Doktor Bader nahm sein Notizbuch und schrieb, offiziell als Beisitzer: »Kofferschmied anrufen. Sagen, dass selber Idiot!«

Er glänzte vor Stolz und lutschte ein Pfefferminz, um sich zu restaurieren.

»Soll eben ein bisschen denken, unser Kerl, wofür er bluten muss aus seiner Freitagtüte – der winzigen, Sie sehen es selbst!« sagte Wambach und klopfte Emil auf den Rücken, der fiel fast vom Stängel. Die Damen kreischten auf.

»Argwöhnisch denken, sage ich, wie alle Puppen unseres hungrigen Staates, deren Opfer wir verwalten. Denken, wofür er auf die Barrikaden ging, der alte Emil, Emils Urgroßvater! Hat er das verdient?«

Doktor Wambach quetschte den kleinen Asozialen und tat, als sei er böse. Emil streckte die Ärmchen aus seiner großen Faust, Emil verdrehte den glatten Kinderkopf.

Man erhob sich, man wehrte ab, man bat den Präsidenten: jetzt sei's genug!

Emil hatte eingesehen, war solide, solidarisch, Emil war ein Freund. Arzt Wambach ging für Emil auf die Barrikaden.

Zärtlich nahm er mit der Linken den haarlosen Strolch am Schnuller und hob ihn hoch.

Applaus auf offener Bühne! Emil lebte in sechshundertunddreiundvierzig Herzen.

Herr Doktor Wambach spürte sein Herz. Tränen der Freude liefen ihm über die Krawatte. Ruhig sagte er in die aufgewühlte Versammlung:

»Helfer – Arzt – und Emils Detektiv zu sein: eine Aufgabe, meine Freunde. Ich sage keineswegs: eine

Last. Unsere doppelte Verantwortung – unser schönes schweres Leben.

Ich danke Ihnen.«

Er ging aufrecht, unter nie erlebtem Beifall, in das kleine Künstlerzimmer hinter dem Podium. Er legte sich auf die Couch, gestützt durch den Kollegen Bader, der küsste ihm die Wange, und vor Freude daneben.

Er fröstelte.

Er spürte den Anfall zuerst in der linken Schulter. Er riss die Augen auf und rief mit einem matten Stöhnen, seine Stimme überschlug sich:

»Bader, rasch.«

Kollege Bader wusste alles. Er wollte Hilfe holen und war doch selber Arzt und hilflos.

Wambach flüsterte:

»Den Kerl da in meine Mappe, bitte! Zu den kleinen Briefen. Und: schreiben Sie.«

Von draußen schlug der Beifall an die Tür. Einige Herren klopften, kamen ins Zimmer, wurden ernst und verschwanden auf das unwillige Winken des Kollegen Bader.

»Lieber Wambach, Sie sollten sich jetzt –«

»Bitte schreiben«, befahl Wambach.

Dann diktierte er dem Freund mit letzter Energie.

[Denn schon, Hubert. Abgang ist alles.]

Alle Kinderbriefe an Frau Anna Petry, Sie werden schon ihre Adresse finden.

Frühlingsanfang.

Cherbourg, auf der Hochzeitsreise.

Geliebte Mutter, kannst du verstehen, dass ich nie wieder zurückkehren werde?
Gérards Leben wird nicht von der doppelten Verantwortung getragen. Es wird gesellschaftlich nutzlos verlaufen, ohne gültige Arbeit, ohne einen anderen Schmerz als den, der sich selbst beweint.
Nur Künstler dürfen so leben. Und Gérard, denn er ist krank. Damit aber ein Künstler. Nichts ist formal schwerer zu bewältigen als ein Alltag gegen den Tod. Darin will ich ihm nahestehn.
Wir bitten dich herzlich, Emile, unseren frühgeborenen Sohn, in Pflege zu nehmen.
Ist er deiner Rapunzel nicht zum Verwechseln ähnlich?
Fast hätten wir für ihn die einfache Verantwortung gewagt, aber wir sind noch so hungrig in unserer Liebe.
Gib ihm schon ruhig zwei Löffel Haferschleim in die Milch. Prüfe die Wärme der Flasche, indem du sie gegen deine blauen Augen hältst. Emile ist ein Prinz und überaus empfindlich.
Behalte mich lieb. Ich denke an dich. Ich bin sehr glücklich.
Deine Rapunzel

Später, bereits auf dem Schiff:
Doktor Wambach wird nun immer bei uns bleiben.

Und er blieb – mit einem Lächeln, das sich wehrte gegen die Gewalt, die seinen weichen Mund verzerren wollte.

Er blieb und starrte an die dunkle Decke.

Der Autor

Klaus Nonnenmann, 1922 in Pforzheim geboren, war freier Schriftsteller und Dramaturg. Als Gelegenheitsschreiber begann er in den Fünfzigerjahren, kleine Prosawerke und Feuilletons für Zeitungen und Rundfunk zu verfassen. 1959 trat er bei einer Lesung der Gruppe 47 mit *Die sieben Briefe des Doktor Wambach* erstmals als Autor an die Öffentlichkeit. Nach vielen Stationen lebte er zuletzt wieder in Pforzheim, wo er, zurückgezogen vom Literaturbetrieb, 1993 starb.

»Fast möchte man sagen, Nonnenmann sei aus Tschechows Geschlecht: ein bescheidener, nachdenklicher Beobachter, ein subtiler Humorist, ein behutsamer, etwas wehmütiger Erzähler, der distanziert und sehr herzlich, ironisch und zugleich elegisch ist. Kein aggressiver, sondern ein milder, aber unbestechlicher Satiriker, dessen Menschenfreundlichkeit immer spürbar ist.« *Marcel Reich-Ranicki*

Bücher zum Schenken im Unionsverlag

Sidonie-Gabrielle Colette
Die Katze aus dem kleinen Café

Ihr Leben lang hat Colette mit Tieren gelebt. Hunde, Eichhörnchen, Schmetterlinge – aber besonders die Katzen wurden ihre Lebensgefährten. Sie beobachtet sie, tauscht sich mit ihnen aus, kommuniziert mit ihnen und erzählt uns liebevoll von ihren Abenteuern. In diesen bezaubernden Katzengeschichten werden die Menschen zu Katzen und die Katzen zu Menschen, und das liebevolle Studium des Katzenwesens macht den Menschen menschlicher.

Karel Čapek
Wie ein Theaterstück entsteht

Karel Čapeks sprühende Einführung in die Welt der Bühne macht jedem Theaterfreund klar, dass ein Stück nur durch die ununterbrochene Überwindung unzähliger und unvorhergesehener Hindernisse entsteht. Wer Theater je hinter der Bühne erlebt hat, wird quietschen vor Wiedererkennungslust und Vergnügen an der Treffsicherheit dieser Beobachtungen. Wer gerne im Zuschauerraum sitzt, wird eine völlig chaotische, aber herrliche Welt entdecken, bei der nur eines verwundert: dass es irgendwann tatsächlich zur Premiere kommt.

Bücher zum Schenken im Unionsverlag

Maxence Fermine

Am Ende der Teestraße

Schon als Kind ist Charles Stowe, der Sohn eines Londoner Teehändlers, fasziniert von den Geheimnissen des Tees. Die Welt der tausend Düfte und Aromen verzaubert den jungen Mann so sehr, dass er im Jahre 1838 zu einer Reise in den Fernen Osten aufbricht, um den seltensten chinesischen Tee nach England zu importieren. Die Begegnung mit der mysteriösen Loan bringt seine Pläne allerdings durcheinander. Die schöne Frau scheint ihm begehrenswerter als der edelste Tee …

Tschingis Aimatow

Dshamilja

Der 15-jährige Seït erzählt die Geschichte seiner jungen, verheirateten Schwägerin Dshamilja und des früheren Soldaten Danijar. Während der ungeliebte Ehemann Sadyk in der Sowjetarmee dient, lernt die selbstbewusste, lebensfrohe Dshamilja den scheuen, träumerischen Frontheimkehrer Danijar kennen und lieben. Aus Liebe zu Danijar sagt Dshamilja sich von ihrem Heimatort und den alten Traditionen los und zieht mit ihm in die Ferne. Der junge Seït erzählt mit den Augen eines Kindes, das noch nichts von der Liebe weiß, das aber zu verstehen beginnt, was die beiden verbindet.